KB020803

청소년을
위한
소설심리
클럽

성, 스러운 그녀

초판 1쇄 펴낸날 | 2012년 4월 2일
초판 10쇄 펴낸날 | 2023년 4월 14일

지은이 | 강지영 김해원 김혜정 손현주 송경아 진산
펴낸이 | 홍지연

기획 | 온라인청소년문학관 글틴
편집 | 홍소연 고영완 이태화 전희선 조어진 서경민
디자인 & 아트디렉팅 | 정은경디자인
디자인 | 권수아 박태연 박해연
마케팅 | 강점원 최은 신종연 김신애
경영지원 | 정상희 곽해림

펴낸곳 | (주)우리학교
출판등록 | 제321-2009-4호(2009년 1월 5일)
주소 | 04029 서울시 마포구 동교로12안길 8
전화 | 02-6012-6094
팩스 | 02-6012-6092
홈페이지 | www.woorischool.co.kr
이메일 | woorischool@naver.com

ISBN 978-89-94103-38-9 44810
978-89-94103-36-5 44810 (전5권)

• 책값은 뒤표지에 적혀 있습니다.
• 잘못된 책은 구입한 곳에서 바꾸어 드립니다.

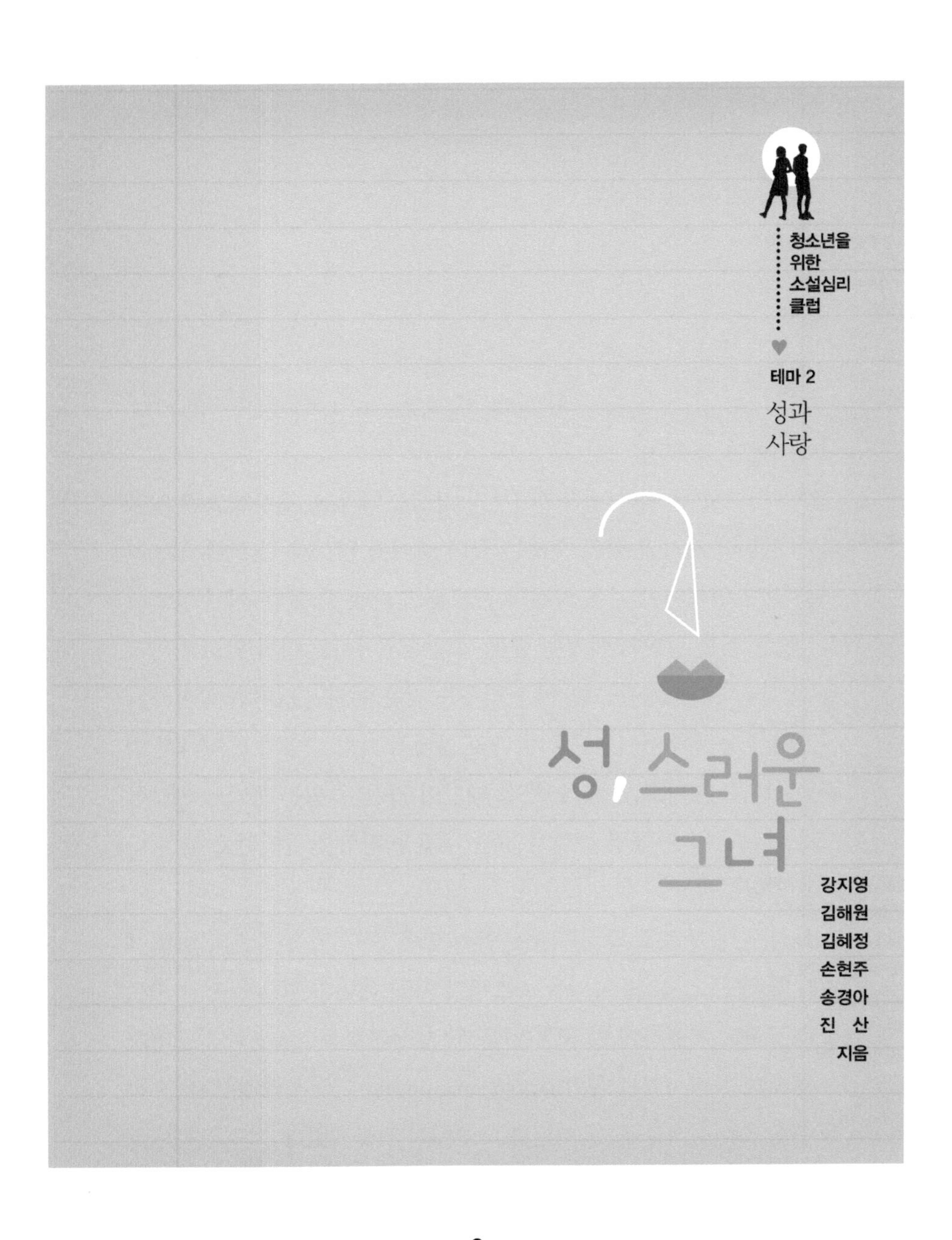

청소년을 위한 소설심리 클럽

테마 2
성과 사랑

성,스러운 그녀

강지영
김해원
김혜정
손현주
송경아
진 산
지음

우리학교

아이들이 아프다.

태어나기도 전 엄마 뱃속에서부터 경쟁을 배우고, 초등학교에 입학하기 전부터 시작된 학원 순례는 끝이 보이지 않는다. 교실에서는 친구를 밟고 일어서야 겨우 자신의 존재를 드러낼 수 있다. 이긴 자만이 살아남는 것을 당연히 여기는 한국 사회에서 아이들 머리 위로 자살과 왕따, 성폭력의 어두운 그늘이 드리우는 것은 어쩌면 당연한 일이다.

그러나 동시에 아이들은 저마다의 삶에서 가장 순수하고 에너지 넘치는 시기를 지나고 있다. 오직 십 대만이 가질 수 있는 생기와 발랄함으로 아이들은 숨 돌릴 틈조차 없는 무거운 일상을 끌어안고 헤쳐 나가고 있다.

십 대들의 푸르고 날것 그대로인 고민을 수다 떨듯 유쾌하게 이야기해 볼 수는 없을까? 아이들 스스로가 가진 내면의 힘으로 자기 자신을 위로하고 치유하게 할 수는 없을까? 한국문화예술위원회가 운영하는 청소년 문학사이트 글틴http://teen.munjang.or.kr에 연재한 〈청소년을 위한 소설심리클럽〉은 이러한 고민에서 비롯되었다.

갈등 상황에 놓여 있는 아이들은 어른들의 충고나 조언을 '잔소리'로 알아듣기 쉽다. 마음의 문을 닫아 버린 아이들에게 비슷한 갈등 상황에 처한 친구의 이야기를 들려주는 것은 섣부른 충고보다 훨씬 큰 도움이 될 수 있다. 아이들의 아픔에 귀를 기울이고 있는 청소년 작가들에게 도움을 요청하였다. 아이들이 처한 크고 작은 갈등과 고민을 예민하게 포착하여 소설에 담아 달라 하였다. "현실의 문제점을 드러내고 반성하는 이야기도 아니고 아이들을 계몽하기 위한 이야기도 아니다. 아이들이 정서적 공감대를 느낄 수 있는 주인공을 통해 아이들이 자기 자신의 모습을 발견할 수 있게 해 달라."는 당부를 곁들였다.

그렇게 모인 소설들에 오랫동안 아이들과 교감을 나누어 온 교사들이 소설을 읽고 난 후에 함께 해 볼 수 있는 활동을 구성하였다. 주인공은 왜 괴로워하는 것인지, 주인공을 나와 견주어 보면 어떠한지 질문을 던져봄으로써 문제를 해결해 나가는 실마리를 찾을 수 있도록 하였다.

"나다운 건 뭘까?", "내 삶은 앞으로 어떻게 펼쳐질까?"와 같은 제법 묵직하고 철학적인 고민에서부터 "머리를 기르고 싶은데.", "짜증나는 친구와 절교를 해야 하나?"처럼 일상적이고 소소한 고민에 이르기까지 청소년기는 크고 작은 고민과 갈등으로 점철된 시기이다. 성장기의 고민은 삶을 살아가는 데 없어서는 안 되는 자산이자 어른이 되기 위해 누구나 마땅히 치러야 하는 값진 통과 의례이기도 하다. 이 시기를 통해 청소년들은 '나'라는 자아의 윤곽을 만들어 가고 또 앞으로 살아야 할 삶의 방향 또한 결정하기 때문이다. 그러나 그 '값'은, 다른 한편으로는 '상처'의 값이기도 하다. 성장통은 누군가가 말했듯 그 시기를 통과한 사람들에게는 가벼운 한때의 홍역처럼 여겨질지 몰라도 고민의 복판에 서 있는 아이들에게는 우주의 무게와 맞먹는다.

어떤 고민을 가진 아이들이든 〈청소년을 위한 소설심리클럽〉에서 "이건 내 문제랑 똑같은데."라며 공감할 수 있는 작품을 만나게 될 것이다. '성장'이라는 외로운 터널을 지나는 아이들에게 이 책이 따뜻한 위로와 격려가 되어 주길 바란다.

2012년 3월
온라인청소년문학관 〈글틴〉 편집위원
김주환, 박상률, 좌백

| 차례 |

그래, 그날밤

- 김해원

읽기 전에

누군가를 사랑해 본 적이 있나요? 고백하고, 손을 잡고, 입맞춤을 하고, 그리고……. 사귀면서 다툰 적도 많았지요? 결국 헤어졌나요? 다시 또 사랑을 시작했나요? 한 청소년 상담 센터에서 십 대를 대상으로 '가장 받고 싶은 성교육'에 대한 설문 조사를 했을 때 1위는 놀랍게도 '연애 방법'이었습니다. 남자와 여자의 몸은 어떻게 다른지, 아기는 어떻게 생기는지보다 더 궁금하고 절실했던 건 '사귄다'는 일을 즐겁고 행복한 관계로 만드는 방법이었던 거지요. 사귀다가 헤어진 커플들에게 이유를 물어보면 대부분 '성격이 안 맞아서'라고 합니다. 도저히 서로를 이해할 수 없었다고요. 그래요. 개인차가 있긴 하지만 여자와 남자는 참 많이 다릅니다. 감정을 표현하는 방식도 다르고, 문제를 풀어가는 방식도 다릅니다. 상대방이 나와 똑같이 생각하고 똑같이 느끼리라 여겼다가는 일이 꼬이기 십상이지요.

이 소설은 사귄 지 87일 된 다혜와 준우의 이야기입니다. 둘은 기말고사가 끝난 날 데이트를 하다가 공원에서 처음으로 입을 맞춥니다. 다혜는 온 몸의 세포가 깨어나는 듯 아득한 느낌 속에 빠집니다. 준우는 어땠을까요? 소설을 읽으며 두 사람의 마음속으로 한 걸음 걸어 들어가 볼까요?

◇◇◇

점심시간 내내 한껏 달구어져 있는 운동장 모래 위를 공하고 같이 구르다 들어온 남자아이들 몸에서 역한 땀 냄새가 풍겼다. 땀으로 흠뻑 절었다 마른 티셔츠는 소금 가루가 버석거렸다. 검은색 티셔츠를 입은 준우 등에도 허연 소금 자국이 등고선을 그리고 있었다. 준우는 그 위에 급하게 교복 셔츠를 걸쳐 입었다.

"담임이 왜 오래?"

"나도 모르지."

"우리 둘이 같이? 상담실로?"

다혜는 머리를 주억거리면서 고개를 돌렸다. 준우가 팔을 들 때마다 겨드랑이 땀 냄새가 코를 찔렀다. 준우가 교복 셔츠 단추를 채우면서 가까이 다가오자 다혜는 저도 모르게 한 걸음 뒤로 물러섰다.

"빨리 가자."

다혜는 얼른 등을 돌려 성큼성큼 교실 문을 먼저 나섰다. 닭 구운 오븐 문을 열어젖힌 것처럼 뜨거운 열기가 얼굴로 확 끼쳤다. 열흘 내내 밤낮 가릴 것 없이 32도를 오르내리는 폭염을 버티지 못한 것들이 썩고 곰삭은 듯한 퀴퀴한 냄새가 복도에 고여 있었다. 다혜는 발걸음 뗄 때마다 눅진한 냄새가 진득거리면서 발바닥에 붙는 것 같아 걸음을 빨리했다.

"좀 천천히 가, 더워 돌아가시겠다."

준우는 목덜미로 흘러내리는 땀을 손으로 훑어 닦으면서 다혜 뒤로 바짝 붙었다.

"오늘 끝나고 뭐 할 거야?"

"왜?"

다혜는 뒤를 돌아보다 팔꿈치가 준우의 팔에 닿자 움찔했다. 축축한 느낌이 덜 씹다 뱉은 껌처럼 팔꿈치에 들러붙었다.

"끝나고 애들하고 노래방 가자. 입에서 입김 나오도록 빵빵하게 에어컨 틀어 주는 데 알아 놨어."

"나 야자 있잖아. 넌 학원 안 가?"

"이렇게 더운데 책상 앞에 붙어 있다고 공부가 되냐? 기말고사도 끝났잖아. 괜히 땀 빼지 말고 가자."

준우가 다혜 어깨에 슬쩍 손을 얹었다. 대수롭지 않은 일인데 다혜는 뜨거운 바람이 훅 몸을 밀치고 가는 것처럼 흔들, 창밖은 바람 한 점 없었다. 성난 햇볕은 무서운 기세로 꼿꼿하게 수직 하강 중이었다. 다혜는 멈칫거리다 몸을 슬쩍 돌려 뺐다. 준우의 손에서 몸은 벗어났는데, 심장은 꽉 잡혀 벗어나려고 버둥대는 것처럼 뛰었다. 다혜는 태연한 척했지만, 목소리가 힘없이 늘어졌다.

"됐어. 네가 가수냐? 허구한 날 노래방 가서 마이크 잡고 소리 지르게. 공부 좀 해!"

"어휴 잔소리. 잔소리 대마왕, 요새 널 보면 우리 엄마가 학교에 와서 앉아 있는 것 같다니까."

"내가 뭐?"

다혜가 노려보자 준우는 혀를 앞으로 쏙 내밀더니 앞으로 뛰어나갔다. 잡아 보라고? 이건 뭐 옛날 영화를 찍는 것도 아니고, 다혜는 준우가 싱글거리는 얼굴로 뒤를 돌아보면서 뛰는 모습을 물끄러미 보았다. 땀이 주르륵 등줄기를 타고 흘렀다. 정말 덥긴 어지간히 덥다.

상담실도 덥긴 마찬가지였다. 에어컨 대신 낡은 선풍기가 느릿느릿 게으르게 머리통을 돌리고 있었다. 담임은 선풍기 앞에서 학원 광고가 인쇄된 플라스틱 부채로 활활 부채질을 했다.

"상담실이 찜통이다, 찜통. 이런 데서 상담하면 그러지 않아도 속 썩는 아이들 속이 팍팍 썩지 않겠냐? 도대체 여기는 툭 하면 에어컨이 고장이야. 고장 난 놈들만 모아 놓는 데라는 건지. 아무튼 에어컨 가동이 안 되면 통풍이라도 제대로 되든지. 둘이 거기 선풍기 쪽으로 앉아."

담임은 이 더위가 바람 한 자락 끌어들이지 못하는 창문 탓이라도 되는 것처럼 그쪽을 흘겨봤다. 둘은 담임 건너편 의자에 엉거주춤 앉았다. 준우는 다리를 쩍 벌리고 앉았다가 담임이 흘깃 쳐다보는 것 같자 얼른 오므렸다. 담임은 부채질을 하면서 준우와 다혜를 번갈아 보았다.

"남자애들은 또 축구하고 들어왔냐?"

다혜가 고개를 끄덕이자 담임이 혀를 찼다.

"미친놈들, 가만있어도 땀이 줄줄 흐르는 삼복더위에 왜 나가서 땀을 흘려. 그렇게 땀 흘리고 공부가 되겠어. 그러니까 다 퍼질러 자기나 하지. 준우 너도 뛰었냐?"

"그게, 7반 애들이 하도 엉겨 붙어서요. 체육 대회 때 진 뒤로는 약이 바짝 올라 있거든요. 그래 봤자 상대도 안 되면서."

"아이고, 승부사들 나셨어요. 공부를 그렇게 해 봐라. 성적은 꼴찌인 것들이."

"에이, 뭐라도 잘하는 게 있어야죠. 우리 반이 체육은 짱이잖아요."

준우는 히죽 웃으면서 다혜를 쳐다봤다. 체육 대회 때 전 종목을 휩쓴 남자아이들의 위용에 대해 한마디 얹어 주길 바라는 눈빛이었지만, 다혜는 담임 뒤로 벽에 달랑 매달려 있는 시계를 올려다봤다. 곧 점심시간이 끝난다. 담임도 손목시계를 슬쩍 들여다보고는 부채를 내려놓았다.

"너희 오라고 한 건 다른 게 아니고, 지난주 금요일에 너희 둘 로데오에 갔었다면서?"

"지난주 금요일에요?"

"그래, 금요일."

준우가 고개를 갸웃거리면서 다혜를 쳐다봤다.

"야, 우리가 지난주 금요일에 로데오 갔었냐?"

다혜는 땀이 송송 배어 나오고 있는 준우의 이마를 쳐다보면서 고개를 끄덕였다. 지난주 금요일, 다혜는 그날이 아주 선명하게 떠올랐지만, 준우는 여전히 확신이 서지 않는 얼굴이었다.

"애들이 봤다던데, 너희 그날 로데오에서 형식이 애들하고 놀았다면서. 준우 너 9반 형식이하고는 중학교 때 친구라며. 아냐?"

"아, 맞아요. 3학년 때 같은 반이었어요."

"그날 너희 거기서 뭐 했어? 형식이하고 뭐 한 거야?"

"그게 그러니까……. 잘 기억이 안 나는데……."

"야, 이 녀석아, 젊은 놈이 바로 일주일 전이 생각이 안 나? 머리에 뭐 딴 거 채워 가지고 다니는 거 아냐? 다혜야, 너 잘 생각해라."

담임이 정말 속이 팍팍 썩는지 부채를 들어 거칠게 부채질을 했다. 다혜는 이마에 맺힌 땀을 손바닥으로 훑으면서 담임을 멀뚱히 바라보는 준우를 기막혀하며 쳐다봤다. 아니 그날을 기억하지 못하다니. 그렇지만 정말 준우는 그날 밤이 자신이 세상에 나오기도 전인 까마득한 옛날처럼 느껴졌다.

"너, 형식이 오토바이 탔다면서……."

더운 날 하찮은 기억력 때문에 진땀 빼는 제자를 보다 못해 담임이 퀴즈 대회에 나가 서 있는 사람에게 힌트를 주듯 한마디 던져 주는 순간, 준우는 깜깜한 방에 놓여 있는 촛불에 불을 붙인 것처럼 환하게 그날 기억이 떠올랐다.

"아, 오토바이. 그날이 그날이었구나."

다혜가 놀란 눈으로 자신을 보든 말든 준우는 일주일 전 그날로 오토바이를 타고 달리듯 달려갔다.

로데오, 음식점과 가게가 모여 있는 거리를 이 도시 사람들은 그렇게 불렀다. 미국 유명한 쇼핑가 이름이라는 걸 모르는 아이들도 틈만 나면 로데오로 모여들었다. 초등학생들은 기껏해야 햄버거 하나 사 먹고 옷 가게를 기웃거리면서 낄낄거리다가 꼬물꼬물 붙어서 스티커 사진 찍고 어두워지기 전에 퇴장하는 곳. 닭갈비 한 판 먹고 커피숍에 앉아 팥빙수를 나눠 먹으면서 시간을 보내고도 지루하면 노래방에 가서 악을 쓰고 나와서는 옷 가게를 전전하며 싸구려 티셔츠 하나씩 사고도 아쉬운 중고등학생들이 어정거리는 곳. 로데오에 간 건 특별히 기억할 만한 일은 아니었다.

그날, 준우는 다혜와 로데오에서 놀았고 담임이 미리 알려 준 것처럼 형식이도 만났다. 형식이는 몇몇 애들하고 있다가 준우를 보자 반가워하며 손을 흔들었는데, 준우 눈에 띈 건 형식이가 아니라 오토바이였다. 형식이가 제 앞에 보란 듯이 세워 놓은 오토바이는 네온사인으로 치장한 노래방 선간판보다 선명하게 눈에 들어왔다. 앞머리가 스포츠카처럼 크면서도 옆구리는 날렵하게 잘빠진 오토바이는 달리는 도중 로봇으로 변신한다고 해도 믿을 것 같았다. 배달 아르바이트를 하는 아이들이 몰고 다니는 것하고는 차원이 달랐다.

"어, 이건 뭐야?"

"이거? 뭐? 이 잘빠진 모터바이크 말하는 거냐? 이걸로 말하자면 초보 라이더들은 꿈도 꾸지 못하는, 라이딩 좀 한다는 라이더들만이 탈 수 있는 젠더라는 것이다."

"어디서 났어?"

"뭐 이게 채소라서 땅에서 뽑았겠냐, 과일이라서 나무에서 땄겠냐? 이건 말이다. 저 머나먼 사막에서 뽑아 올린 신선한 석유를 먹고 달리는 모터바이크시다. 나긴 어디서 나, 샀지."

"진짜?"

준우는 형식과 오토바이를 번갈아 보면서 짝을 맞춰 보더니 이내 고개를 저었다.

"설마."

"못 믿겠다?"

형식은 어깨를 들썩이도록 코웃음을 치더니 핸들을 잡고 다리를 번쩍 들어 육중한 젠더에 올라탔다. 초보 라이더들은 꿈도 못 꾼다는 젠더는 시동을 거는 순간 물 위를 미끄러지듯 달려 나갔다. 준우는 번쩍거리는 젠더의 뒤태를 넋 놓고 쳐다보았다. 형식은 도로 끝에서 몸을 기울이면서 능숙하게 유턴을 했다. 젠더가 로데오의 불빛을 가르며 달려오는 모습은 그야말로 모래바람이 날리는 황야를 홀로 뚫고 달리는 무법자였다.

"타 볼래?"

준우는 형식이 젠더에서 내리면서 한 말에 얼른 뒤를 돌아봤다. 형식이와 함께 있던 애들에게 하는 말이겠거니 했는데, 그 애들은 저희끼리 수다를 떠느라 형식이 쪽은 거들떠도 안 봤다.

"김준우, 너 말이야. 한번 타 봐. 소금은 먹어 봐야 알고, 모터바이크는 달려 봐야 아는 거야. 타 봐."

형식은 준우를 젠더 쪽으로 밀어붙였지만, 준우는 감히 젠더 위에 올라탈 수 없었다. 절대로 젠더의 위세에 압도되어서가 아니다. 준우는 한 번도 오토바이를 타 본 적이 없었다. 중학교에 들어와 친구 녀석들이 오토바이 타는 걸 성년이 되는 통과 의례로 여기며 어릴 때 자동

차 기종을 줄줄 외우듯이 오토바이 기종을 꿸 때 준우도 뒤지지 않았다. 또 고등학교에 들어오자마자 제 생일이 되기만을 손꼽아 기다리다가 생일날 학교까지 빼먹어 가면서 원동기 면허 시험장으로 달려가는 녀석들을 보면서 곧 자신도 그 대열에 합류할 것이라고 다짐했었다. 그렇지만, 정작 오토바이를 탄 적은 없었다. 준우가 머뭇거리자 형식은 대번에 친구의 처지를 알아챘다.

"등신, 너 여태 모터바이크도 못 타냐? 라이딩을 안 해 본 거야?"

형식이가 준우의 등을 소리 나게 후려쳤다. 그러자 머리를 맞대고 여자 얘기에 열을 올리고 있던 형식이 친구들이 낄낄거리면서 준우를 쳐다봤다. 동물원 우리에 있는 신기한 동물을 보듯. 대한민국 고등학교 교과 과정에 원동기 운전 과정이 있는 것도 아니잖아, 그리고 나는 아직 국가에서 원동기를 타도 된다고 공인받을 수 있는 나이가 아니라고, 내 생일은 겨울이라고……. 준우가 그런 말을 속으로 뇌까리는 사이 형식은 젠더에 준우를 태우고 달렸다.

"너 영광으로 알아라, 이 젠더에 탠덤은 처음이니까."

"탠, 뭐라고?"

"탠덤! 뒤에 물건이 아니라 인간을 태우는 건 처음이라고! 어이구 등신!"

준우는 그렇게 그날 젠더를 처음 탔다.

"그게 다냐?"

담임이 뒷목으로 줄줄 흘러내리는 땀을 손수건으로 닦았다. 그리고 지루한 표정으로 준우를 쳐다봤다.

"그럼 너는 오토바이를 얻어만 탔지, 직접 타지는 않았다? 형식이 말하고는 다른데."

"아니, 그게……."

"다혜는 뭐 했어? 다혜하고 헤어지고 나서 오토바이를 탄 거냐?"

"그게, 그러니까……."

그러고 보니 준우는 그날 밤 다혜하고 언제 헤어졌는지 통 기억나지 않았다. 젠더의 모습은 그리라고 해도 그릴 수 있을 거처럼 선명한데, 다혜의 기억은 희미했다. 그날 다혜를 만나긴 했던가. 젠더를 만나는 순간 다혜는 물거품처럼 연기처럼 사라진 것 같았다.

"네, 다혜는 없었어요. 아마 다혜는 집에 간다고 갔을 거예요. 아니 친구 만난다고 그랬나? 너 그냥 갔지?"

준우가 팔꿈치로 다혜 팔을 툭 쳤다. 다혜는 옆으로 몸을 좀 비켜 앉을 뿐 대답하지 않았다.

"그래, 다혜는 갔단 말이지. 그럼 너는 형식이하고 그 젠더란 걸 타고 어디 간 거야?"

"로데오 뒤쪽으로 가면 차가 안 다니는 도로가 있거든요."

"공원 쪽 말이지? 그래, 거기로 가서 둘이 뭘 했어?"

담임의 말에 다혜가 움찔하며 고개를 들었다. 담임은 준우를 쳐다보고 있었다. 준우는 땀이 배어 몸에 들러붙는 셔츠 앞자락을 손으로 펄럭거릴 뿐 입을 떼지 않았다.

"그러니까, 공원 쪽에서 뭘 했냐고?"

담임이 답답해하면서 엉뚱하게 선풍기 뒤통수를 손으로 때렸다. 게으르게 머리통을 돌리던 선풍기는 그마저도 지쳤는지 딱딱 쇳조각 튕기는 소리를 내면서 벽 쪽을 본 채 멈칫거렸다. 선풍기는 돌아 봤댔자 뜨거운 바람만 뿜어냈지만, 담임은 그마저도 아쉬운 듯 선풍기를 원상 복귀시키려고 애썼다. 다혜는 뜨거운 햇살이 일렁이는 창밖을 내다봤다.

그날, 다혜가 공원에 갔을 때 먼 강 쪽의 하늘은 진홍빛 노을이 번지고 있었다.

그러니까 지난주 기말고사가 끝난 금요일, 다혜와 준우는 반 아이들과 오후 내내 로데오에서 몰려다니다가 슬그머니 무리에서 빠져나왔다. 아이들은 마지막 경유지인 노래방으로 갈 때 뒤로 처져 있는 다혜와 준우의 대오 일탈을 모른 체했다. 3반 공식 커플을 위한 배려라고 할까. 둘이 떨어져 나오긴 했지만, 마땅히 할 일이 없었다. 해가 떨어져도 끄떡하지 않고 맹위를 떨치는 더위를 피해 어딘가 들어가고 싶었지만, 영화를 보기에는 너무 늦었고, 피시방은 자리가 없었다. 로데오는 시험 보는 동안 책상 앞에 꼼짝없이 붙잡혀 있다가 풀려난 학생들이 점령하고 있었다. 해방감에 들뜬 학생들과 에어컨 실외기가 뿜어내는 열기로 가득 찬 로데오는 폐쇄된 유리 상자 같았다. 한두 걸음 지나면 초등학교나 중학교 동창을 만나 알은체를 했고, 모르는 얼굴도 몇 번이나 부딪쳐 아는 사이처럼 인사를 할 판이었다.

"공원으로 가자. 거기는 좀 시원할지도 몰라."

준우였다. 공원으로 가자고 한 건. 다혜는 선뜻 동의했고, 둘은 아이스크림을 하나씩 들고 로데오를 벗어나 공원 쪽으로 걸었다. 공원으로 가는 길에는 한여름 햇볕을 받아 내면서 짙어진 커다란 벚나무가 늘어서 있었다. 벚나무 아래에는 용케 더위를 비켜 나간 바람이 머무는 듯 서늘했다. 해는 뉘엿뉘엿 떨어지고, 나뭇잎은 살랑살랑 흔들리기도 했다. 낮 동안 강렬한 빛으로 번쩍이던 세상은 비로소 제 본래 빛을 찾아 조용히 잦아들고 있었다.

둘은 걸으며 아이스크림을 먹는 데 열중했다. 사귄 지 정확하게 87일이 된 커플은 참 어중간하다. 상대방에 대한 호기심 때문에 별 사소한 것들을 캐묻기에는 서로 잘 알고, 괜한 감정싸움으로 티격태격하기에는 서로 잘 모르는 관계. 둘은 딱 그 관계만큼 떨어져 걸었다.

"방학 때 뭐 할 거야?"

준우가 아이스크림을 혀로 핥아 먹었다. 아이스크림 한쪽이 녹아 준우 손으로 흘러내렸다. 다혜는 가방에서 휴지 한 장을 뽑아 준우에게 건넸다.

"너 이런 것도 갖고 다니냐? 여자 맞구나."

"뭔 소리야? 휴지 안 갖고 다니면 여자가 남자 되냐?"

"아니, 그래서 뭐가 좋다고."

준우가 멀뚱히 다혜를 쳐다보다 빙긋 웃었다. 다혜는 어색해 고개를 돌렸다. 건너편 하늘에는 다홍빛 노을이 곰질곰질 퍼져 나가고 있었다. 다혜 얼굴도 노을빛에 물드는 것 같았다. 준우가 처음 사귀자고 했을 때도 다혜는 얼굴이 빨갛게 달아올랐다. 1학년 전체가 과학박물관

견학을 간 날이었다. 특목고나 자율고가 아니라서 주목받지 못하는 것을 한스러워하는 교장은 '과학중점학교'라는 그럴듯한 명패를 내걸고 과학 관련 행사를 틈틈이 했지만, 학생들은 도통 관심이 없었다. 자신의 의지와 상관없이 과학박물관에 내몰린 아이들은 죄다 박물관 건물 밖에서 현장 학습을 하고 있었다. 물의 장력을 몸소 실험해 보기 위해 분수대에 뛰어드는 무리가 있는가 하면, 과학박물관 뒤쪽에 있는 동물원에 눈에 띄지 않고 갈 수 있는 경우의 수를 확인하려고 담장을 노리는 무리도 있었다. 그 난장판 속에서 학생 부장인 담임은 반 아이들을 두 명씩 짝을 지어 전시관 구석구석을 보고 손전화기로 인증 사진을 찍어 검사를 받도록 했다. 그때 다혜 짝이 준우였다. 둘은 낄낄거리고 장난을 치면서도 숙제를 해냈다. 그런데, 그날 집으로 돌아오는 길에 준우가 문자를 보냈다.

ㅋㅋ 사귈래?

반 여자아이들하고 지하철을 타고 가던 다혜는 귓불까지 빨개져 얼른 손전화기를 주머니에 넣었다. 다혜는 문자 앞에 붙은 웃음의 의미를 생각했다. 장난으로 하는 말인가? 아니면 쑥스러워서 붙인 감탄사인가? 의식하지 못한 습관인가? 다혜가 내내 ㅋ과 ㅋ의 틈바구니에서 고민하는 사이, 준우는 다시 문자를 보냈다.

같은 반 되면서부터 좋았는데 ㅋㅋ

다혜는 그 문자를 보고 ㅋ은 한문의 어조사와 같다는 것을 확신했다. 다혜는 반 여자아이들과 헤어진 뒤 답장을 보냈다.

나도 괜찮은 것 같아. ㅎㅎ

그렇게 둘이 사귀게 되었지만, 둘 관계가 달라진 건 사귄 날짜를 헤아리는 것밖에 없었다.

87일째, 둘은 해도 그만 안 해도 그만인 시답잖은 얘기들을 하면서 공원을 걸었다. 다혜는 오븐 구이 통닭집을 시작한 엄마가 툭 하면 태워 먹은 닭이 몇 마리가 되는지 얘기했고, 준우는 약장수를 쫓아다니는 할머니 얘기를 했다.

"우리 할머니 되게 웃겨. 우리 집에서 별명이 교양 할머니잖아. 사람은 교양이 있어야 한다는 게 우리 할머니 신조거든. 그런데 글쎄 요새 날마다 약 파는 행사장 쫓아다니시면서 화장지며, 세제며 얻어 오시더니 며칠 전에 30만 원도 넘는 약을 사 오셨다."

"무슨 약?"

"몰라, 할머니 말 들어 보면 완전 만병통치약이야. 우리 아빠 그거 보고 난리를 쳤잖아. 다 사기꾼들이라고. 다시는 행사장 가시지 말라고. 그래도 우리 할머니 아침만 드시면 거기 가신다. 우리 엄마 말로는 거기 약장수들이 할머니들 혼을 쏙 빼 놓는대. 손잡아 주며 같이 춤추고, 노래 불러 주고, 팔다리 주물러 주고."

"정말?"

"그렇다니까. 우리 할머니 칠십이 넘으셨어. 그런데 젊은 남자가 손 잡아 주는 게 뭐가 좋다고……."

준우는 갑자기 말을 뚝 끊고 아무 말도 하지 않았다. 해가 떨어지고, 공원 가로등에 불이 들어왔다. 다혜가 가로등을 올려다보면서 걷는데 준우가 슬그머니 손을 잡았다. 뜨뜻하고 축축한 손이었다. 학교에서 가끔 장난치다 잡은 손과 느낌이 달랐다. 다혜는 마치 땅속 깊은 곳에서 솟아오른 손을 잡은 것 같았다. 낯설지만 뿌리칠 수 없었다. 준우는 손을 꼭 잡은 채 아무 일도 없다는 듯 앞을 보고 걸었다. 둘 다 아무 말도 하지 않았다. 가로등 불빛에 밝혀진 세상은 달라져 있었다. 오븐에서 닭이 구워지길 기다리는 엄마도, 총각의 손을 잡고 춤을 추는 할머니도 끼어들 수 없는 세상.

공원을 한 바퀴 돌고 장미 넝쿨이 뒤덮인 담장 아래에 있는 긴 의자에 앉은 뒤로도 준우는 손을 놓지 않았다. 운동복을 입고 열심히 공원을 달리는 사람들이 저만치 보였다. 다혜가 손을 뺐다.

"방학 때 뭐 할 거야?"

준우가 한 말을 이번에는 다혜가 꺼냈다. 준우는 땀 찬 손바닥을 바지에 문지르면서 진지하게 말했다.

"알바할 거야."

"알바? 왜?"

"오토바이 사려고."

"오토바이?"

"응. 이 오빠가 오토바이 사면 태워 줄게."

"탈 줄이나 알아?"

"그럼. 봐 둔 게 있어. 우리 오토바이 타고 바다에 가자. 동해로 가는 거야."

준우 목소리가 들떠 있었다. 벌써 준우의 마음은 바다로 달리고 있었다. 다혜는 마음껏 달리도록 놔뒀다. 반나절을 꼬박 일하고도 기껏해야 3만 원 남짓 되는 돈을 받아서 언제 오토바이를 사냐고 한다거나, 놀이 기구도 무서워서 못 타는 판이니 오토바이 뒤에 타는 건 꿈도 꾸지 말라는 말은 하지 않았다. 아무 장애물 없이 혼자 한참이나 질주하던 준우는 느닷없이 다혜 입에 입을 맞췄다.

짧은 순간.

세상은 멈춘 것 같았다. 하늘에서 흐트러지고 있던 붉은빛도, 발밑으로 부서지던 가로등 불빛도 얼음. 땡을 쳐 주기 전에 풀려나지 않을 얼음. 다혜는 그 찰나, 손가락을 탁 튕기는 그 순간을 더 잘게 쪼갠 그 시간이 영원한 시간처럼 느껴졌다. 퍼뜩 정신을 차린 다혜 눈에 아무 일 없다는 듯 멀쩡한 준우 얼굴이 들어왔다.

"야!"

다혜는 준우를 밀치면서 옆으로 물러나 앉았다.

"뭐?"

"너, 뭐 하는 거야?"

"뭐? 가자! 배고프지? 우리 뭐 먹을래?"

준우는 어색하게 웃으면서 다혜 팔을 잡았다. 다혜는 준우 손을 뿌리치고 일어나 걸었다. 오른발을 디디면 왼발이, 왼발을 디디면 오른

발이 허방을 짚는 듯 아래로 빠지는 것 같았다. 다혜는 숨을 크게 들이쉬었다. 모든 세포가 확 열리면서 손가락 끝에 미세한 바람이 잡혔다. 주위는 아득한데, 몸의 감각은 털끝 하나 흔들리는 것까지 느껴졌다. 살아 있다는 느낌이 너무 생생해서 두려웠다……. 공원에는 넝쿨 장미 향기가 진동했다.

"야, 인마! 말 안 해? 공원 뒤쪽으로 가서 너도 달린 거냐?"

담임은 들고 있던 부채로 준우의 어깨를 툭 쳤다. 준우는 천천히 고개를 끄덕였다.

"너 면허증 있어?"

"아뇨."

"그런데 오토바이를 타셨다? 이것들이 아주 간이 배 밖으로 나왔구나. 그날 늦게까지 탄 거냐?"

"아뇨. 아주 잠깐 탔어요."

"잠깐? 왜 오토바이에 엉덩이만 걸쳤다가 내려왔다고 하시지? 이 녀석들아, 믿을 소리를 해라."

담임이 콧방귀를 뀌면서 다시 부채로 준우의 어깨를 여러 번 때렸다. 준우가 몸을 뒤로 빼면서 볼멘 소리를 했다.

"정말이라니까요! 정말 저는 그날 처음 오토바이 타는 거였다고요. 형식이가 공원 뒤로 가서 가르쳐 준 거라고요!"

"그럼, 너 정말 오토바이 탈 줄을 몰랐다는 거냐?"

준우가 다혜 눈치를 보면서 고개를 끄덕였다. 다혜는 준우를 힐끔 보고 중얼거렸다.

"오토바이 타고 동해에 간다더니……."

"동해? 너 동해도 가려고 했냐?"

담임이 다혜 말을 가로챘다. 준우는 펄쩍 뛰었다.

"아뇨! 정말 그날 처음 탄 거라니까요. 동해는 나중에 오토바이 배우고, 면허증 따면 간다고……."

"아이고! 오토바이 초보님, 동해에 가시려고요? 왜 다혜도 태우고 가시려고요? 남의 집 귀한 딸 인생 말아 드시게? 다혜야, 이런 얼빠진 놈하고 당장 헤어져라."

담임은 벌떡 일어나 준우의 머리통을 부채로 후려쳤다.

"에이, 태어날 때부터 오토바이 탈 줄 아는 사람 있어요? 처음에는 다 초보죠!"

준우는 한마디 더 보탰다가 담임한테 한 대 더 맞았다.

"야, 서당 개 3년이면 뭘 읊는다메? 3학년 때 우리 반 남자애들 반은 모터바이크를 탔는데, 그걸 구경했으면서도 시동 거는 걸 모르냐."

공원 뒤로 간 형식이는 다짜고짜 준우를 젠더에 앉혀서 달려 보라고 했지만, 준우는 꼼짝할 수 없었다. 젠더가 아무리 멋져도 달릴 수 없는 준우에게는 쇳덩이에 불과했다. 아니, 달구어진 전기의자. 젠더의 등은 보일러 들어오는 방바닥처럼 뜨듯했다. 찜통더위에 한증막에 앉아 있는 것 같았다. 바짓가랑이가 축축하게 젖어들었다.

"서당 개도 오토바이는 못 탈걸."

준우가 머쓱해져 겨우 한 말에 형식은 대꾸하지 않았다. 대신 생초보에게 본격적으로 오토바이, 아니 지상 최고의 모터바이크 젠더의 운전법을 가르쳐 줬다. 시동 거는 법부터 브레이크 레버를 쥐는 법까지 준우는 지청구를 들어가면서 작동법을 익혔다. 형식은 아주 엄격한 선생이었다. 준우가 태어나서 처음으로 모터바이크의 라이딩을 하려는 순간 형식은 도를 닦고 하산하는 제자에게 이르듯 진지하게 말했다.

"라이딩은 제 목숨뿐만 아니라 다른 사람의 목숨까지도 위협할 수 있어. 라이더는 신중, 또 신중해야 한다."

준우는 형식이 말에 비장하게 고개를 끄덕였다. 쿵쿵 바다에서 건져 올린 물고기처럼 퍼덕거리는 제 심장 소리가 들렸다. 형식이 달리라고 손짓하는 걸 보고 준우는 조심스럽게 시동을 걸었다. 젠더는 소리도 없이 부드럽게 달려 나갔다. 젠더는 쇳덩이가 아니었다. 땅 위를 미끄러지듯 달리는 젠더는 살아 있는 생명체였다. 속도를 높이면서 젠더와 준우는 한 몸이 되었다. 온몸의 세포가 젠더의 움직임에 반응하면서 깨어났다. 그래서 두려웠다. 자신이 살아나고 있는 이 느낌이 두려웠다……. 공원에서 풍겨 나오는 향기로운 냄새가 온몸을 감쌌다.

담임은 준우의 얘기를 듣다가 땀에 젖은 뒷머리를 박박 긁었다. 다혜는 실내화 코끝으로 바닥을 박박 긁어 댔다.

"됐다, 됐어. 그깟 오토바이 처음 탄 거로 소설을 쓰는구나."

"첫 경험이잖아요. 첫 경험은 평생 잊지 못하죠."

준우는 입을 헤벌리고 웃었다. 다혜는 그런 준우를 하얗게 흘겨보

왔다.

"까불지 마! 이 녀석아, 오토바이는 첫 경험이 끝 경험이 되는 수가 있어. 아무튼 그날 너는 그렇게 한 번 타 보고 집에 갔다는 거지?"

"네."

"알았다. 형식이가 그날 오토바이를 다른 학교 2학년들한테 빼앗겼다고 하는데, 확인하려고 그랬다. 준우 너는 못 본 거지?"

"네, 형식이는 저 한 번 타는 거 보고는 친구들하고 약속 있다며 휭 가 버렸다니까요."

"됐다. 둘 다 가 봐. 그리고 김준우, 너 면허도 없이 또 오토바이 타다 걸리면 정학 당할 줄 알아. 알았어?"

담임은 털털털 요란한 소리를 내면서 이제는 더는 남은 힘이 없다는 것을 드러내 놓고 표 내는 선풍기를 거칠게 꺼 버렸다.

준우는 벌떡 일어나 머리를 숙여 인사를 했다. 다혜도 따라 일어섰다. 막 점심시간 끝나는 음악 소리가 벽에 달린 스피커에서 요란하게 퍼져 나왔다. 상담실 밖에서 소란스럽게 교실로 뛰어 들어가는 아이들 소리가 들렸다. 준우와 다혜가 몸을 돌려 문 앞에 섰는데, 담임이 대수롭지 않게 말했다.

"참, 오늘 준우 어머니께서 전화하셨더라. 너희 둘 사귀는 거 물어보시더라. 둘이 공부 방해되는 건 아니냐고 걱정하시던데. 김준우! 네가 알아서 잘 좀 해 인마! 너, 다혜한테 엉뚱한 짓 하고 그러면 혼난다."

다혜는 멈칫 뒤를 돌아보았다. 담임은 신경질적으로 선풍기 전선을 잡아 빼고 있었다. 준우는 얼굴을 잔뜩 찌푸리면서 내뱉듯이 말했다.

"에이, 그런 일 없어요!"

준우는 다혜와 눈이 마주치자 입을 삐죽거렸다. 다혜는 준우를 외면하고 상담실을 나섰다. 복도에서 지독한 냄새가 확 끼쳐 왔다. 상담실 옆 화장실 문이 열려 있는 모양이었다. 다혜는 냄새를 맡지 않으려고 숨을 꾹 참았다. 다혜 뒤를 따라 나오는 준우는 잔뜩 부어서 투덜거렸다.

"에이 씨, 엄마는 그딴 일로 전화를 하고 난리냐. 쪽팔리게."

다혜는 들은 체도 않고 고개를 빳빳하게 세운 채 발끝걸음으로 앞만 보며 걸었다. 준우가 얼른 옆으로 붙어 걸으면서 다혜 어깨를 잡았다.

"이따 수업 끝나고 노래방 가자, 응?"

다혜는 대답 없이 준우 팔을 있는 힘껏 뿌리쳤다. 준우가 다시 어깨를 잡자 다혜는 갈라진 목소리로 버럭 악을 썼다.

"비키라니까. 냄새나!"

다혜는 준우를 확 밀치고 교실로 뛰어갔다. 준우는 긴 머리를 휘날리면서 뛰어가는 다혜의 뒷모습을 멍하니 쳐다봤다.

김해원

'쓴다'는 말은 '소모하다'는 뜻과 맞닿아 있다. 지금껏 나의 무엇을 소모하지 못한 채 말로만 '쓰고 있다.' 수년째 줄어들지 않는 내 외피만 봐도 내가 얼마나 덜 쓰고 있는지 알 수 있다. 이왕 이렇게 된 거 천천히 오래오래 나를 소모하면서 쓸 생각이다.
그동안 나를 덜 소모해서 여전히 부끄러운 책으로는 청소년 소설 『열일곱 살의 털』 『가족입니까』 따위가 있다.

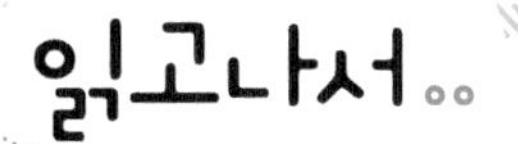

다르지도 똑같지도 않은 너와 나

1. 다음 구절에서 느껴지는 다혜의 마음을 짐작해 봅시다.

• 준우가 교복 단추를 채우면서 가까이 다가오자 다혜는 저도 모르게 한 걸음 뒤로 물러섰다.

• 다혜는 뒤를 돌아보다 팔꿈치가 준우의 팔에 닿자 움찔했다.

• 준우가 다혜 어깨에 슬쩍 손을 얹었다. 대수롭지 않은 일인데 다혜는 뜨거운 바람이 훅 몸을 밀치고 가는 것처럼 흔들, 창밖은 바람 한 점 없었다.

2. 다음은 이 소설의 결말 부분입니다. 다혜와 준우가 밑줄 친 부분처럼 행동하는 이유가 무엇일까요?

> "이따 수업 끝나고 노래방 가자, 응?"
> 다혜는 대답 없이 준우 팔을 있는 힘껏 뿌리쳤다. 준우가 다시 어깨를 잡자 다혜는 갈라진 목소리로 버럭 악을 썼다.
> "비키라니까. 냄새 나!"
> <u>다혜는 준우를 확 밀치고 교실로 뛰어갔다. 준우는 긴 머리를 휘날리면서 뛰어가는 다혜의 뒷모습을 멍하니 쳐다봤다.</u>

• 다혜 :

• 준우 :

3. 최근에 이성 친구와 크게 다툰 경험을 떠올려 봅시다. 언제, 무엇 때문이었나요? 어떻게 화해했는지도 말해 봅시다.

4. 아래 내용에 대한 자신의 생각을 구체적으로 써 봅시다.

나는 남자/여자애들의 이런 태도가 멋져 보인다.	나는 남자/여자애들의 이런 행동이 불편하다

5. 다음 문장이 맞다고 생각하면 '그렇다', 틀렸다고 생각하면 '아니다'에 ◯ 표를 해 봅시다. 그리고 이성 친구들의 답은 어떤지도 한번 비교해 봅시다.

• 나는 이성을 바라볼 때 성격이나 감수성 같은 내면적인 면보다 겉으로 드러나는 외모를 더 중요하게 생각한다. (그렇다 | 아니다)

• 나는 내게 어떤 문제가 생겼을 때 그것을 사귀고 있는 이성 친구에게 털어놓기보다는 혼자서 해결하고 싶어한다. (그렇다 | 아니다)

• 나는 이성 친구로부터 이런 저런 충고를 듣는 것을 싫어한다. (그렇다 |

아니다)

• 나는 서로 사귀고 있는 이성 친구와의 신체 접촉은 아무 문제가 없다고 생각한다. (그렇다 | 아니다)

• 나는 좋아하지 않는 이성과도 신체 접촉이 가능하다고 생각한다. (그렇다 | 아니다)

6. 다음 물음에 대답한 다음 마지막 문장을 완성해 봅시다.

• 내가 누군가에게 '호감'을 가져본 첫 경험은?
• 내가 타인과의 관계에서 '친밀하다'라고 느낀 첫 경험은?
• 연애는 왜 하는 것일까?
• 연애를 하지 않고 살면 어떨까?
• 애인이 생긴다면 꼭 함께 해 보고 싶은 것은?
• 애인이 있어 좋은 점은?
• 애인이 있어 불편한 점은?

내가 생각하는 연애는 ______________________ 다.

7. 다음 두 글을 읽어 보고 남자와 여자의 차이에 대해 친구들과 이야기를 나누어 봅시다.

(가) 여자들은 누가 누구를 좋아하고, 누가 누구에게 화가 났다는 등등의 이야기를 하기 좋아하고, 소규모 집단을 이루어 함께 놀고 또 다른 여자들과 '비밀'을 나누는 것을 좋아한다. 도덕법칙 소녀들은 남자 친구들, 체중, 옷, 다른 여자 친구 등에 대해서 이야기한다. 어른이 되면 여자들은 다이어트, 결혼, 자녀, 애인, 성격, 의상, 남들의 행동, 직장의 인간관계, 사람과 관련된 화제 등을 이야기한다.

남자는 사물과 행동에 대해서 이야기한다. 누가 무엇을 했고, 누가 무엇을 잘하고, 일이 어떻게 돌아가고, 물건이 어떻게 작동하는지 등등의 이야기를 하기 좋아한다. 도덕법칙 소년들은 스포츠, 기계, 물건의 작동 여부 등에 대해서 말한다. 나중에 성인이 되면 남자들은 스포츠, 직장, 뉴스, 그들이 한 일과 방문한 곳, 기술, 자동차, 기계 부속 등에 대해서 이야기한다.

(나) 일반적으로 여자는 10초 안에 여섯 가지의 듣기 표현을 사용한다. 그런 다음 화자의 감정 상태에 따라 적절히 맞장구를 친다. 그녀의 얼굴은 표현하려는 감정을 적절히 반영한다.

여자는 화자의 어조와 몸짓 언어를 통해 말의 의미를 읽는다. 여자의 시선을 끌어당기려고 하는 남자는 몸짓 언어를 잘 구사해야 한다. 그래야 여자의 귀를 계속 붙잡아 둘 수 있다. 대부분의 남자들은 남의 얘기를 들으면서 얼굴 표정으로 맞장구치는 것을 그리 달가워하지 않지만, 이런 맞장구에 익숙한 사람은 커다란 보상을 받게 될 것이다.

다음은 대화 중에 여자가 보여주는 10초 동안의 표정 변화이다.

생물학적으로 전사의 임무를 부여받은 남자들은 남의 말을 들을 때 꼭 바위처럼 묵묵히 듣기만 한다. 그들은 자신의 감정 상태를 보이지 않으려고 애를 쓴다.

아래의 그림은 상대방의 말을 듣고 있는 남자가 10초 동안에 보여주는 표정 변화이다. 이는 남자의 표정을 약간 농담조로 묘사해 본 것이다. 그러나 이런 농담 속에서 진리를 찾아내는 데에 묘미가 있다. 남의 말을 들을 때 남자들이 사용하는 이 무표정의 마스크는 상황을 완전히 장악하고 있는 듯한 느낌을 준다. 하지만 그런 남자들이 감정을 전혀 느끼지 못하는 것은 아니다. 두뇌 스캐닝을 해 보면 남자들도 여자들 못지않게 감정적이라는 것을 알 수 있다. 단지 표현을 하지 않을 뿐이다.

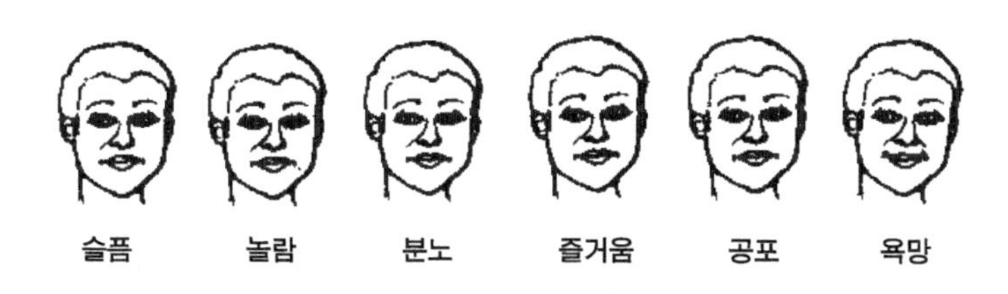

앨런 피즈 · 바바라 피즈, 『말을 듣지 않는 남자, 지도를 읽지 못하는 여자』(김영사) 중에서

나를 기다리다

- 송경아

◦◦ 읽기 전에

우리 몸은 참 미묘합니다. 내가 좋아하는 사람이 뽀뽀를 해 주면 느낌이 좋습니다. 그런데 아무리 좋아하는 사람이라도 내가 기분이 좋지 않을 때 억지로 뽀뽀를 하면 좀 불쾌합니다. 아는 사람이라도 갑자기 스킨십을 하면 두렵고 무서운 마음이 듭니다. 만약 낯선 사람이 스킨십을 했다면? 오싹한 기분에 몸이 굳어 버리지요. 똑같은 행동이나 말도 그 사람이 누구이고 어떤 상황에서 이루어지느냐에 따라 전혀 다르게 받아들여집니다. '몸'과 관련된 말과 행동의 특징이지요. 그래서 '몸'과 관련된 말이나 행동을 할 때에는 상대방의 감정과 생각을 먼저 고려해야 합니다.

이 소설은 초등학교 3학년 때 심심풀이로 어린 여자아이를 성추행한 재훈이의 이야기입니다. 단순한 호기심이었고 재훈이는 기억조차 못하는 일이 그 애에겐 큰 상처로 남아 있습니다. 그런데 재훈이가 그 애를 좋아하게 되면서 갈등이 생기지요. 세상에는 절대 해서는 안 되는 일이 있고 아무리 후회하고 사과해도 용서받지 못하는 일이 있습니다. 소설을 읽으며 도망갈 수 없는 일과 마주하는 것에 대해 생각해 봅시다.

◇◇◇

이제 2시 50분. 아직 내가 기다리는 아이는 오지 않는다.

약속은 3시고, 나는 2시 반부터 여기, 패스트푸드점에 앉아 있다. 햄버거와 감자튀김은 다 없어진 지 오래고, 펑펑 틀어 대는 난방과 붐비는 사람들의 온기 속에서 반쯤 남은 콜라 잔은 이미 맺힌 물을 주룩주룩 눈물처럼 흘렸다. 입이 마르고 쓴데도 김빠진 음료수를 갖다 댈 생각은 들지 않는다. 흘러가는 분초가 등골을 콕콕 찔러 대는 느낌이다.

흘러간 6년이.

6개월 전만 해도, 나는 별 걱정 없는 중3 남자아이였던 것 같다. 이상한 일이지만, 되살아난 6년 전의 기억에 비해 그동안의 기억은 너무나 아득하고 흐릿하다. 시계가 6년 전 그날 오후 한 번 돌아가고, 멈추어 있다가 6개월 전부터 다시 돌아가기 시작한 것 같다. 6개월 전 누나가 울고 있었던 그날부터.

6개월 전, 학교에 갔다가 집에 들어오며 문을 벌컥 열었을 때 제일 처음 보였던 건 소파에 엎어진 누나의 머리카락이었다. 얼굴을 가린 누나의 단발 머리카락은 심하게 들썩이고 있었다. 평소 나를 찍어 누를 정도로 씩씩하던 누나의 그런 모습이 너무 낯설었다. 웃는 건지 우는 건지 생각하기도 전에 먼저 말이 나갔다.

"어? 누나? 뭐 해?"

누나는 홱 얼굴을 들어 나를 노려보았다. 눈물에 머리카락이 비벼지고 들러붙어 엉망으로 얼룩진 얼굴이었다. 그 순간 어떻게 해야 할지 몰랐지만 입은 여전히 멋대로 움직였다.

"무슨 일이야? 누가 괴롭혔어?"

그 말을 듣자 누나는 어이없다는 표정을 짓더니 날카로운 웃음을 터뜨렸다.

"괴롭혀? 누가 괴롭혀?"

"그럼 왜 그래?"

"더러워! 사내새끼들 다 더러워!"

단말마의 비명처럼 터져 나오는 그 말에 나는 가방을 던져 버리고 누나에게 달려갔다.

"누나? 무슨 일 당했어? 응?"

그 후로 반 시간 정도, 울음과 욕설이 섞인 누나의 말을 조각조각 맞추어 본 결과는 이런 것이었다. 감기 몸살 기운으로 도저히 학교 수업이 끝날 때까지 앉아 있을 수 없어 조퇴를 하고, 평소에 잘 타지 않던 버스를 타고 집으로 향했단다. 그런데 그 겨우 두 정거장 사이에, 어느 놈이, 그것도 백발이 성성한 할아버지가 누나 옆에 앉으면서 가슴과 허리를 쓱 쓰다듬더란다. 허리께에서는 마치 피아노를 치듯 손가락을 두세 번 동당거리기까지 했단다. 감기 기운에 멍하니 앉아 있던 누나는 소스라치게 놀라 일어나서 곧장 버스에서 내렸고, 누나에게 손댄 놈은 태연하게 그 자리에 앉아서 가더라는 것이다. 누나는 몸도 아픈

데 더럽고 부끄럽고 화가 치밀어서 버스 정류장에서 집까지 펑펑 울면서 걸어왔단다. 그게 다였다.

'겨우 그거였어?'

누나에겐 미안하지만, 자초지종을 파악하고 제일 먼저 든 생각은 그거였다. 누나가 이야기를 하면서도 어찌나 서럽게 울어 댔던지, 나는 정말 어디 끌려가서 막장까지 당했거나 당하기 직전에 탈출한 줄 알았다. 하지만 이번에는 내 입이 방정을 부리지 않았다. 대신 나는 열 받은 동생 노릇으로 누나를 위로하기로 했다.

"어유, 뭐 그런 나쁜 놈이! 나이도 처먹을 만큼 처먹어 가지고! 누나, 그놈 어떻게 생겼는지 나한테 말해 줘. 내가 보면 뼈다귀를 다 분질러 줄게!"

퍼덕퍼덕 팔을 휘두르며 울분을 토했다. 사실 다 거짓말도 아니었다. 자기 누나한테 어느 놈이 못된 짓을 했다는데 화가 안 나겠는가. 눈물 속에 배시시 웃음이 섞이기 시작한 것을 확인하고 나는 조금 더 오버했다.

"그런 새끼들이 남자 망신 다 시킨다니까. 나이 먹어 가지고 그게 뭐야. 누나, 남자들이 다 그런 거 아냐. 그런 놈은 쓰레기고, 안 그런 누나 동생이 응징해 줄게, 응?"

여기까지 말하고 반응을 보려고 흘끗 누나 얼굴을 바라보았다. 그런데 웬걸, 누나의 얼굴은 다시 차갑게 얼어붙었다. 왠지 주춤해서 내가 무슨 말을 잘못했나 되짚어 보려는데, 누나가 갑자기 홱 일어나며 외쳤다.

"안 그러긴 뭘 안 그래? 너 우리가 왜 이사 왔는지 잊어버렸어? 재훈이 니가 똑같은 짓을 해서 그렇잖아! 더러워!"

어안이 벙벙해진 내가 대체 왜 그러냐고 물어보기도 전에, 누나는 발을 쿵쾅거리며 자기 방으로 들어가 버렸다. 닭 쫓던 개처럼 멍하니 누나 방문만 바라보고 있는데, 누나가 다시 덜컥 문을 열더니 소리 질렀다.

"너, 엄마 아빠한테 얘기하면 죽을 줄 알아!"

지금 생각해 봐도 그때 누나 말이 무슨 뜻인지 모르겠다. 엄마 아빠한테 자기가 당한 일을 얘기하지 말라는 것이었을까, 아니면 내게 '똑같은 짓'을 했다고 이야기한 말을 하지 말라는 것이었을까. 하여간 나는 어느 쪽도 엄마 아빠한테 이야기하지 않았다. 하루 정도 앓던 누나는 다음다음 날부터 다시 멀쩡히 학교에 나갔고, 우리 둘 다 그날 있었던 일은 서로 이야기하지 않았다. 누나는 몰라도 나는 아무에게도 이야기하지 않았다.

그러나 이야기하지 않는다고 깨어난 기억이 사라지는 것은 아니다.

'우리가 왜 이사 왔는지 잊어버렸어?'

누나가 믿을지 안 믿을지 모르지만, 정말 나는 잊어버리고 있었다. 그 애의 가무잡잡한 피부도, 하얀 속살도. 노란색 원피스도. 그리고 몰랐다. 우리가 이사 온 것이 그 애에게 한 짓 때문이라는 것을.

열 살 때 우리 아파트에서 친했던 친구는 세 명이었다. 205호 경철이, 403호 연준이, 옆 동 702호 석운이. 우리 넷은 학원에 같이 다니고 축구를 같이 하고 네 집을 번갈아 돌아다니며 숙제를 하고 저녁밥을 먹었다. 온갖 장난질을 궁리하기도 했지만, 그 나이 때 아이들이 그렇듯이 그렇게 궁리한 장난질 중에서 제대로 행동에 옮긴 건 열 가지 중 한두 가지 정도였다. 나머지는 게으름과 귀찮음, 시간이 없다는 이유로 물에 풀린 휴지처럼 스리슬쩍 녹아 없어졌다. 우리가 제일 자주 했던 '장난'이라고 해 봤자 학원을 땡땡이치고 피시방에 가서 한두 시간 보내는 정도였다. 학원에서 곧장 집으로 전화가 가니 금방 들통 나는 일이었지만, 그래도 우리는 스스로를 악동이고 어른들 뒤통수를 때리는 장난꾸러기라고 생각하며 의기양양했다.

그날도 우리는 뭐 하고 놀까 궁리하면서 집 근처를 빙빙 돌고 있었다. 학원 숙제를 안 했으니 학원에 가기는 싫고, 피시방에 가자니 넷이 탈탈 털어도 다 같이 갈 돈은 부족했다. 그렇다고 같이 할 만한 일도 없었다. 결국 학원에 가야 하나 하고 체념할 무렵 석운이 눈이 반짝였다.

"야, 너네 여자 몸 어떻게 생겼는지 봤어?"

뜬금없는 질문에 경철이와 연준이, 나는 잠시 말문이 막혔다.

'여자 몸을 본 적이 있던가?'

생각해 보니 그 전해부터 엄마가 몸을 씻겨 준 적은 없었다. 내가 창피해서 싫다고 했고 엄마도 "재훈이가 다 컸네." 하면서 혼자 하도록 놓아두었다. 두 살 위인 누나는 아예 내가 초등학교 들어올 때부터 자기가 씻을 때는 얼씬도 못 하게 했다. 다른 아이들 얼굴을 보니 내가 짓고 있을 것 같은 표정과 비슷하게 어리벙벙했다. 하지만 마음 한편에서는 호기심의 불꽃이 살그머니 일기 시작했다. 우리를 둘러본 석운이가 다시 말을 꺼냈다.

"우리, 한번 보지 않을래?"

가슴이 두근거리기 시작했다. 우리는 본능적으로 느끼고 있었다. 이건 지금까지 우리가 저질렀던 장난이나 나쁜 짓을 다 합친 것보다 더 엄청난 일이라는 것을. 호기심, 장난기, 불안, 죄책감 같은 것들이 모두 섞여서 어지럽게 빙빙 돌았다. 한참 동안 아무도 말이 없었다.

"하지만 들키면 어떡해?"

마침내, 우리 모두 차마 묻지 못했던 것을 경철이가 물었다. 석운이가 씩 웃었다.

"안 들키게 하면 되지."

그런 허술한 말이 대답이 된다고 생각했던 것은, 그 제안을 받아들이고 싶은 우리 마음 때문이었을 것이다.

우리는 살금살금 돌아다니며 사냥감을 물색했다. 서로 의논한 것도 아니었지만 본능적으로 우리보다 약한 아이를 찾았다. 기가 드센 아이거나 같은 학년이거나 우리보다 위 학년이면 안 된다고 느꼈다. 두셋이 뭉쳐 다녀도 안 되었다. 그러나 막상 찾으려고 들자 그런 여자아이들은 눈에 띄지 않았다. 우리보다 나이가 많거나 여럿이 함께 재잘거리며 다니는 아이들만 보였다. 이삼십 분 정도 아파트 단지 주변을 빙빙 돌다가 지쳐서 결국 단념하려던 순간, 연준이가 팔을 들어 가리켰다.

"야, 재!"

우리 동 입구에서 노란 원피스를 나풀거리며 뛰어나오는 여자아이가 있었다. 석운이만 빼고 다들 아는 아이, 504호 미나였다. 통통한 몸

집 때문에 평소에 남자아이들에게 돼지라고 놀림당하는 아이이기도 했다. 우리는 서로 쳐다보며 눈빛을 교환했다. 누가 시키지도 않았는데 경철이가 성큼성큼 미나에게 가서 뭔가 이야기했다. 뭐라고 이야기했는지는 몰라도, 잠시 후 미나가 경철이를 따라 주춤거리며 우리 쪽으로 왔다.

'아, 이제 어떡하지?'

머리가 하얗게 비고 가슴이 쿵쾅거렸다. 그렇지만 왠지 약한 티를 내면 안 될 것 같았다. 게다가 지금까지 아무것도 안 한 사람은 나밖에 없었다. 석운이는 아이디어를 냈고, 연준이는 미나를 찾아냈고 경철이는 그 애를 꼬여 왔다. 나는 필사적으로 머리를 굴리다 한마디 했다.

"303동 뒤에 가자."

303동 뒤쪽 놀이터는 평소에도 한산했다. 저녁때가 가까워 오는 그 시간이면 놀고 있는 아이들이 두어 명 있을까 말까였다. 다 같은 동네 친구니 누구든 생각해 낼 수 있는 일이었지만, 한 걸음 한 걸음 다가오는 미나에게 집중하고 있던 아이들은 모두 새로운 이야기를 들은 듯이 고개를 주억거렸다. 석운이가 말했다.

"그래, 재훈이 말대로 하자."

우리는 무슨 일이냐고 계속 묻는 미나를 끌어가다시피 데리고 303동 뒤 놀이터로 갔다. 생각했던 대로 미끄럼틀 쪽에 어린아이 두어 명밖에 없었고, 그 아이들은 자기네 모래 장난에 빠져 우리가 들어오는지 마는지 신경도 쓰지 않았다. 우리는 그 아이들에게서 떨어진 한쪽 구석으로 가서 미나를 둥그렇게 둘러싼 다음 명령했다.

"야, 너 옷 벗어 봐."

"오빠들 왜에?"

미나는 우리의 심상치 않은 서슬에 질려 벌써 눈물이 그렁그렁한 목소리로 물었다.

"벗어 봐, 이 돼지야."

"안 그러면 벗긴다."

"맞고 벗을래 그냥 벗을래?"

"옷을 확, 찢어 버린다. 그럼 너 벌거벗고 집에 가야 할걸."

우리는 돌아가며 미나를 쥐어박듯이 한마디씩 툭툭 던졌다. 어른들이 보기에는 다 똑같은 어린애지만, 또래 사이에서 초등학교 1학년과 3학년의 차이는 어마어마하다. 육체적으로도 정신적으로도. 미나에게는 거부할 수 없는 압박이었을 것이다. 그 아이는 울상을 지으며 우리를 번갈아 보았으나 우리는 이미 집단적인 폭력의 즐거움에 취해 있었다. 이제 여자 몸에 대한 호기심을 떠나 꼭 그 애가 우리 말을 듣게 하고 싶었다. 결국 미나는 울먹이며 노란 원피스를 어깨 너머로 넘겨 벗었다.

정작 그다음 일은, 그 당시에는 그다지 큰 인상이 남지 않았다. 가무잡잡한 아이라고 생각했던 미나의 하얀 속살이 제일 먼저 눈에 띄었다. 우리는 미나를 이쪽저쪽으로 돌려 세우고 쿡쿡 찔러 보며 다리 사이에 달린 것이 없고 금이 가 있다는 것을 확인했다. 사실 그때는 남녀의 생물학적 차이보다 우리가 자세를 바꾸라고 찌르고 벌리고 만질 때 움찔거리며 울음을 참는 모습이 더 재미있었다. 그 모습을 볼 때마다,

vespa
vespa
29

아주 못됐지만 무진장 스릴 있는 장난을 치는 기분이었다. 그러나 그것도 오래 가지는 않았다. 시들해진 우리는 미나에게 도로 옷을 입으라고 하고 마지막으로 으름장을 놓았다.

"너, 이거 어른들한테 얘기하면 죽을 줄 알아."

"얘기할 거야, 안 할 거야?"

미나에게는 거기까지가 한계였다. 그 애는 으앙 서럽게 울음을 터뜨리며 그 자리에 주저앉았다. 머쓱해진 우리는 서로 바라보다가 누가 먼저랄 것 없이 주춤거리며 자리를 떠났다. 왠지 뒷맛이 씁쓸했다. 보통 때엔 장난이 끝나면 신나게 누가 잘했니 못했니 함께 떠들어 댔는데, 이번에는 그런 것도 없었다. 우리는 말없이, 서로 눈을 마주치지 못하고 헤어졌다.

며칠 후부터 어른들의 낌새가 이상했다. 지금 생각해 보면 미나는 제대로 얘기도 못 하고 며칠 끙끙 앓았고, 미나네 부모님이 캐물은 끝에 우리가 한 짓을 알아낸 것 같다. 하지만 아파트 어른들이 우리를 보는 눈길이 이상해졌을 무렵 우리는 이미 우리가 한 짓을 다 잊어버리고 있었다. 그래서 우리는 왜 어른들한테 인사를 하면 어른들이 어색한 표정을 짓는지, 우리가 엘리베이터에서 내리고 나면 자기들끼리 수군거리는지 알지 못했다. 나는 아직도 왜 부모님이 나를 호되게 혼내지 않고 서둘러 이사해 버렸는지 알지 못한다. 같이 그 짓을 저질렀던 친구들은 어떻게 되었는지도 알지 못한다. 급히 이사한 다음 새 학교 새 아이들에 적응하느라 잠시 힘들었던 기억뿐이다. 그렇게 기억 위에 새로운 기억이 덮이고, 나는 아무렇지도 않게 살아왔다.

하지만 한번 기억이 되살아난 다음부터는 그럴 수가 없었다.

처음 깨어난 기억은 신발에 잘못 들어간 모래처럼 가끔가다 마음속을 쿡쿡 찔러 댈 뿐이었다. 내가 그랬다는 실감도 나지 않았고 '그래서 나더러 어쩌라고?' 하는 마음도 없지 않았다. 되살아난 기억 따위 하나도 반갑지 않았다. 깔아뭉개고 무시하고 싶었다. 그러나 기억은 힘이 셌다. 씨앗처럼 마음속에 뿌리를 내리고, 줄기에 살을 붙이고, 이파리를 피웠다. 결국 나는 어느 날 나도 모르게 컴퓨터 앞에 앉아 '양미나'를 구글링하고 있었다.

구글, 싸이월드, 트위터, 미투데이, 페이스북. 나이와 지역이 맞는 양미나는 몇 명 없었다. 그중에서 어렸을 때의 인상이 떠오르는 프로필 사진을 찾아내는 것은 어렵지 않았다. 미나는 트위터를 주로 쓰고 있었다. 몇 분 동안 망설이다가 나는 트위터 계정을 하나 만들었다. '손진희/14세/여자/동성 친구 많이 사귀고 싶어요/남자는 사절'. 프로필 사진에는 귀여운 강아지를 박아 넣었다. '손진희'는 사촌 누나 이름이었다. 사촌 누나에게는 좀 미안했지만, 그 순간에는 다른 여자 이름이 생각나지 않았다. 준비가 다 되자 나는 심호흡을 하고 미나를 팔로우했다.

처음에는 별것 없었다. 중1 여자애들이 할 만한 시시한 고민과 잡담, ㅋㅋㅋ와 ㅎㅎㅎ가 넘쳐나는 그냥 그런 순간의 기록들이었다. 며칠 동안 마음을 졸이며 지켜보던 나는 사람을 잘못 찾은 게 아닌가 불안하기도 했다. 그러나 프로필 사진의 가무잡잡하고 눈이 댕그란 여자

애는 내가 기억하는 어렸을 때 미나의 모습과 빼쏜 듯이 비슷했다. 게다가 미나의 팔로우 상대에는 남자아이가 하나도 없었다.

그리고 다른 여자애들도 있었다. 나는 남자애들은 가차 없이 차단했지만 여자애들은 몇 명 맞팔을 했다. 덜렁 미나 하나 팔로우하고 맞팔을 기다리는 것보다는 다른 여자애들 맞팔이 몇 명 있는 편이 더 그럴듯해 보일 것 같아서였다. 처음에는 우습고 지겹기만 하던 여자애들 말투도 계속 보다 보니 나름 재미있었다. 어느덧 여자애인 척하고 트위터질을 하는 것에 익숙해지고 있었다. 별 내용은 없었지만, 미나의 트윗에도 몇 번 멘션을 보냈다. 컴퓨터 앞에 앉으면 늘 트위터를 확인했다.

그러던 어느 날 밤, 막 자려고 컴퓨터를 끄려던 참이었다.

악몽이 싫어. 과거의 일은 아무것도 아닌 척하며 살지만 무서운 꿈이 되어 되살아나.

미나의 트윗이었다. 가슴이 덜컹 내려앉는 것을 느끼며 나는 도로 컴퓨터 앞 자리에 앉았다.

무슨 일인지 모르지만 꿈 따위! 지지 말고 푹 자!
나는 미나 응원♥

마지막 하트는 너무 곰살궂은 거 아닌가 싶었지만 눈 딱 감고 보내

버렸다. 잠시 후 미나의 멘션이 왔다.

ㅋㅋㅋㅋ 고마워. 꿈에 지지 말라고 날 응원해 주는 사람도 있구나. 기뻐 ^^

우리의 관계는 그렇게 급진전했다. 미나와 나는 맞팔이 되었을 뿐 아니라 소소한 일들에 대해 디엠도 주고받았다. 물론 미나가 주로 말하고 나는 듣는 입장이었다. 여자애 시늉은 날이 갈수록 능숙해지고 있었지만, 아직 여자아이의 입장에서 주도적으로 이야기를 꺼낼 자신은 없었다. 또, 미나에게는 들어 주는 사람이 필요하기도 한 것 같았다. 미나는 '참는 아이'였다. 학교에서 누가 심한 소리를 해도 당장 응수하지 못했고, 부모님께 야단을 맞아도 화를 내지 못했다. 한참 후에야 하고 싶었던 말이 마음속에 맺혔지만 그때가 되면 들어주고 맞장구를 쳐주고 같이 화를 내거나 서러워해 주는 사람은 나밖에 없었다. 어느새 우리는 트위터에서 메신저로 대화의 터전을 옮겼다.

나는 어떤 마음으로 미나의 이야기를 들었던가? 잘 모르겠다. 마음 한편에는 언제나 죄책감이 깔려 있었다. 내가 생각했던 것보다 미나에게 그 일의 비중은 컸다. 구체적인 기억은 별로 없었지만, 동네 오빠들이 자기를 벌거벗기고 다리를 벌리게 하고 만졌다는(그 단순하고도 구체적인 표현에 불알이 오그라드는 느낌이었다) 사실은 생생하게 기억난다고 했다. 한 달에 두세 번은 검은 그림자들이 자기를 깔아뭉개는 꿈을 꾸고 비명을 지르면서 깬다고 했다. 또래 남자아이까지는 괜찮지만 손위 남자아이들이나 아저씨들이 가까이 다가오면 자기도 모르게 몸이 떨리고 얼어붙는다고도 했다. 그런 이야기를 들을 때마다 입이 마르고 배 속이 막대기로 쿡쿡 찔리는 느낌이었다. "그냥 장난이었어, 장난이었단 말이야!" 하고 누군가에게 항의하고 싶었지만, 막상 미나에게 그렇게 말한다고 상상해 보면 그저 땅속으로 꺼지고만 싶었다. 그래, 그런 건 변명이 되지 않았다. 여럿이 했다는 것도 변명이 되지 않았다. 미나가 받은 상처와 괴로움 앞에서, 그건 다 내 잘못이었다.

진희, 너 참 좋아. 나 이런 얘기 하면 다들 나한테 더럽다고 그럴 줄 알았어. 여자애들은 더.

어느 날 밤 이런 메시지가 왔을 때, 나도 모르게 "니가 왜 더러워?" 하고 반문했다. 22일도 안 돼서 깨졌다 다시 사랑한다, 선물을 줬니 키스를 했니 하는 여자애들도 한둘이 아닌데, 한참 전에 어리고 아무것도 모르는 채로 장난질을 당했던 미나가 왜 더럽단 말인가. 그러나 미나는 의외라는 듯이 한참 말이 없다가 "하지만 보통 여자애들은 그렇게 생각 안 하잖아." 하고 말했다.

그런가? 그래서 누나가 그렇게 울었나?

그때만은, 여자아이가 되어서 "아냐, 너 더럽지 않아." 하고 말해 주고 싶었다.

과거와 현재만 있을 줄 알았다. 미나와 같이 보내는 밤 시간에는 미래에 대한 생각이 없었다. 그냥 대화하는 것이 즐거웠고, 미나의 하루

하루가 나의 관심사였다. 어느 날 미나가 청천벽력 같은 통보를 하기 전까지는.

나 이사 가. 아빠 일 때문에 포항으로 간대. 가기 전에 너 보고 싶은데, 언제 시간 되니?

눈앞이 캄캄했다. 지금까지도 미나가 만나자고 한 적은 여러 번이었지만 그때마다 이런저런 핑계를 대어 미루고 빠져나오곤 했다. 메신저로 사진을 교환할 때는, 미안하지만 누나의 2년 전 사진을 써먹기도 했다. 문자는 했지만 카톡을 하자고 하면 부모님이 스마트폰을 안 사 주셨다고 둘러댔다. 하지만 이제는 그런 식으로 도망갈 수가 없었다. 이번에도 미나를 보지 않는다면 아무래도 서먹해질 테고, 미나가 새로운 생활에 적응하면서 나를 잊어버릴 것만 같았고, 무엇보다도…… 내가 보고 싶었다.

어른들에게는 서울에서 포항 거리가 별것 아닐지 모르지만, 중학교 1학년과 3학년에게 서울과 포항이란 한국의 끝과 끝 같았다. 두세 달 용돈을 모으지 않으면 왔다 갔다 할 수도 없고, 지금처럼 트위터나 메신저로 이야기를 한다고 해도 같은 도시 같은 거리, 서로 아는 장소를 이야기하는 친밀감은 누릴 수 없다. 한 번도 직접 보지 못한 메신저 친구 따위, 낯선 학교에 적응하는 시간이 지나면 잊어버리겠지. 만난다는 생각만 해도 겁이 났고 만나서 무슨 말을 할 수 있을지도 몰랐지만, 이번에 만나지 않으면 안 된다는 절박한 마음이 들었다. 그다음 주 토요일로 시간과 장소를 정하고 컴퓨터를 끈 그날 밤, 나는 잠을 이루지 못하고 침대에서 뒤척였다.

하루하루가 가는 것이 무섭기도 하고 기다려지기도 했다. 나는 미나를 알아볼 자신이 있었지만 미나는 나를 몰라볼 것이다. 몰라볼까? 메신저 친구 진희는 몰라보겠지만, 옛날에 자기를 벗겨 놓고 만져 보던 동네 재훈이 오빠를 전혀 기억하지 못할까? 내가 미나 얼굴을 보고 어렸을 때 기억에서 닮은 점을 찾아냈듯이, 미나도 내 얼굴을 보면 기억나지 않을까? 지금까지 내가 자아 온 모든 거짓의 실이 나를 옭아매고 목을 조르는 기분이었다. 지나가는 하루하루가 나를 비웃으며 묻는 것 같았다. 너는 진실을 말할 용기가 있느냐? 몰래 얼굴만 보고 도망쳐 오는 거 아냐? 그러는 와중에도 미나는 꾸준히 나와 메신저 채팅을 하며 "이제 곧 볼 수 있겠구나. 무슨 옷 입고 올 거야?" 하고 기대에 부풀어 물었다.

모든 게 엉망진창이었다. 그래서 나는 또 사고를 치고 말았다.

미나를 만나기로 한 날 이틀 전, 학원에서 종민이가 쪽지를 건네주었다.

'오늘 재석이 형 놀러 온단다. 애들 다 모이자.'

재석이 형은 작년에 우리와 함께 학원을 다니던 형이었다. 중학교 졸업하고 캐나다에 이모가 있어서 유학 갔다고 들었는데 잠시 들어온 모양이었다. 나는 고개를 끄덕이고 옆자리로 쪽지를 전달했다. 재석이 형도 반가웠지만 아무 생각 없이 놀 자리가 생긴 게 더 반가웠다. 요즘의 나는 생각으로 터질 것 같았으니까.

노래방에서 1차, 공원에서 2차였던가? 2차가 끝날 무렵 나는 꽤 취해 있었다. 오죽하면 재석이 형이 "야, 재 집에 보내라. 더 마시면 못 들어가겠다." 했을 정도일까. 비틀거리며 집에 들어가자 누나는 코를 막고 눈치를 주면서도 엄마 아빠한테 이르지 않고 나를 그냥 방으로 들여보내 주었다. 비틀거리며 가방을 던져 놓고 컴퓨터를 켰다. 메신저에서 미나의 닉네임이 반짝거렸다. 나는 자판에 손을 올리고, 미나에게 인사를 하려다가, 메신저를 꺼 버렸다. 도저히 버틸 수가 없었다. 그러려고 그런 게 아닌데, 참으려고 했는데 눈에서 눈물이 비져나왔다. 에이 씨발.

다음 날 아침 일어나자 머리가 깨질 것 같았다. 투덜거리며 양치를 하다가 문득 스쳐 가는 간밤의 한 장면에 손이 멈추었다. 치약 거품이 후드득 떨어졌다. 입을 대충 헹궈 내고 컴퓨터 앞으로 달려가 메모장을 확인해 보았다. 맙소사. 보낸 편지함을 확인해 보았다. 망할망할망할. 정말로, 술김에 미나에게 다 털어놓아 버린 것이다. 취기에 얼룩진 사실과 진심과 허세와 괴로움이 컴퓨터 화면에서 나를 놀리듯이 또렷이 바라보았다. 나는 한참 컴퓨터 앞에 망연히 서 있었다.

어제와 오늘 아침까지, 나는 약속한 곳에 나가야 할지 말아야 할지 계속 고민했다. 한잠도 안 자고 고민했다고는 하지 않겠다. 취할 정도로 술을 마신 다음 날에는 아무리 괴로워도 잠은 오더라. 도망가고 싶었다. 정말로, 정말로 무슨 천재지변이라도 일어나서 약속 장소에 가지 못한다거나, 딱 하루 동안만 죽었다가 깨어났으면 좋겠다고 생각했다. 그러나 시간은 매정하게 흘러갔고 도망갈 길은 없었다. 나가느냐

마느냐, 두 가지 중에서 골라야 했다. 나간다고 미나가 와 줄지, 내 사과를 받아 줄는지도 미지수였다. 하지만 나가지 않는다면 이 기억은 또 얼마나 오랫동안 나를 찌르고 아프게 할까. 결국 나는 문자 한 통을 보냈다.

약속은 유효. 미안해. 나와 주면 좋겠어. 기다릴게.

그래서, 나는 약속 시간 30분 전부터 이곳에 나와 있다. 미나를 보면 알아볼 자신은 있었다. 정작 자신이 없는 것은 미나가 올지 안 올지, 오면 나는 어떻게 할지 하는 것이었다. 미나가 오지 않는다면 어떻게 해야 하나. 온다면, 내가 저지른 일들을 어떻게 짊어지고 미나를 만나야 할까. 기다린다면 언제까지 기다려야 할까. 대답은 없지만 도망갈 길도 없다.

나는 여기, 패스트푸드점에 앉아 미나를 기다린다. 목구멍을 지나간 햄버거와 감자튀김의 맛은 기억도 나지 않는다. 한참 붐비는 토요일 오후, 혼자서 테이블을 차지하고 있는 나를 사람들이 힐끔힐끔 보고 지나간다. 나는 그 눈길을 모른 척하고 통 유리창 밖을 열심히 바라본다. 나는 미나를 기다린다. 미나와 함께 올 6년 전의 나를, 6개월 동안의 기억의 무게를 기다린다.

5분 남았다. 미나는 아직도 보이지 않는다.

나는, 나를 기다린다.

송경아

스무 살 넘어서부터 한국 사회가 가리키는 잘 닦인 길에서 계속 비뚤배뚤 벗어나 즉흥적으로 살아왔다. 나름대로는 잘 살았다고 자부하고, 너무 모범적으로 사는 친구들에게는 가끔 "시야를 좀 돌려 봐. 하고 싶은 것에 푹 빠져 살아도 결국은 살아남아."라고 말하고 싶다. 지금은 나만큼 게으른 고양이 세 마리와, 늦게 만난 제짝과 늦게 세상에 방문해 주신 손님과 함께 즐겁게 살고 있다. 근 이십 년 전에 '성교가 두 인간의 관계에 미치는 영향에 대한 문학적 고찰 중 사례 연구 부분인용'이라는 길고 비딱한 제목의 단편집을 묶어 낸 이후 소설 쓰기에 빠져 있다가 번역의 매력에도 눈을 뜨게 되었다. 아직은 세상살이가 늘 새롭다고 느끼며 살아간다.
소설집 『성교가 두 인간의 관계에 미치는 영향에 대한 문학적 고찰 중 사례 연구 부분인용』 『책』 『엘리베이터』와 장편소설 『아기찾기』 『테러리스트』를 출간했으며, 『철학자의 돌』 『셉티무스 힙』 『제인 에어 납치 사건』 등 다수의 책을 번역했다.

1. 누나가 성추행을 당하자 재훈이는 위로를 하면서도 서럽게 우는 누나의 마음을 잘 이해하지 못합니다. 재훈이가 솔직하게 반응했다 가정하고 누나 입장이 되어 다음 대화를 이어가 봅시다.

누나 : 백발이 성성한 할아버지가 내 가슴이랑 허리를 쓰다듬었어.

재훈 : 겨우 그거였어?

누나 : ______________________________

2. 왜 재훈이와 친구들의 부모님은 아이들을 혼내지 않고 서둘러 이사를 했을까요? 미나가 성추행을 당한 사실을 알게 된 미나 부모님의 마음은 어땠을까요? 재훈이 부모님 마음과 미나 부모님 마음을 비교해서 써 봅시다.

• 재훈이 부모님 :

• 미나 부모님 :

3. 미나는 재훈이를 만나러 올까요? 만약 미나가 온다면 재훈이에게 무슨 말을 할까요? 여러분이 미나라면 어떻게 할지 상상해 봅시다.

4. 여러분이 다음 상황에서 경험했던 스킨십을 적어 보고 어떤 느낌이었는지도 말해 봅시다.

- 분위기에 휩쓸려서 : ______________________________
- 강요에 의해서 : ______________________________
- 내 의지와 상관없이 : ______________________________

5. 다음은 에로스와 프시케의 사랑을 그린 서로 다른 그림입니다. 같은 소재를 서로 다르게 표현한 두 그림을 비교해 보고 느낀 점을 말해 봅시다.

제라르, 〈프시케와 에로스〉, 1797

뭉크, 〈에로스와 프시케〉, 1907

6. 아래 행동들은 성희롱이나 성추행에 해당할까요? 해당한다면 왜 그렇게 생각하는지 그 이유도 말해 봅시다.

- 야한 사진을 보여 주었다.
- 야한 이야기를 문자로 보냈다.
- 아무 허락 없이 다른 사람의 몸에 손을 댔다.
- 지나가는 사람들의 몸매나 얼굴에 점수를 매기는 놀이를 했다.
- 휴대폰으로 친구가 체육복 갈아입는 장면을 찍었다.
- 게임에 걸린 친구에게 스킨십을 강요했다.

7. 다음은 성추행이나 성폭력에 관해 사람들이 흔히 하는 말들입니다. 이 말이 맞다고 생각하면 O, 아니면 X라고 표시하고 왜 그렇게 생각하는지 말해 봅시다.

- 성폭력 가해자는 정신 이상자나 범죄자이다.
- 무조건 여자들이 조심하는 수밖에 없다.
- 끝까지 저항하면 성폭력은 불가능하다.
- 성적인 신체 접촉이 아니라면 성폭력이 아니다.
- 의도적으로 한 게 아니라면 성폭력이 아니다.
- 야한 옷차림이 성폭력을 유발한다.
- 남자의 충동은 억제할 수 없다.

8. 다음 글을 읽고 폭력의 기억이 그 후의 삶에 미치는 영향에 대해 생각해 봅시다.

버지니아 울프와 그녀의 언니 바네사는 어린 시절에 두 이복형제들에게 성폭행을 당했다. 버지니아 울프는 24권에 달하는 일기에서 그 끔찍했던 시절에 대해 되풀이해 언급했다고 한다. 그 시기에 그녀는 자기가 어떤 곤경에 처해 있었는지 부모에게 털어놓을 엄두를 내지 못했다. 부모의 도움을 기대할 수 없었기 때문이다. 평생 우울증에 시달리면서도, 버지니아 울프에게는 문학 작품에 몰두할 힘이 있었다. 문학을 통해 자기 자신을 표현하고, 궁극적으로는 어린 시절에 입은 끔찍한 정신적 외상을 극복할 수 있을 것이라는 희망이 있었다. 하지만, 1941년 우울증은 그녀를 무너뜨렸고, 버지니아 울프는 강물에 몸을 던졌다.

엘리스 밀러, 『폭력의 기억, 사랑을 잃어버린 사람들』(양철북) 중에서

9. 다음은 성폭력 가해자와 피해자에게 주변 사람이 해 주어야 할 일들입니다. 읽어 보고 성폭력의 후유증에 대해 한 번 더 생각해 봅시다.

피해자의 주변 사람이 해 줄 일

- 피해자의 이야기를 잘 들어 줍니다.
- "나라면 ~했을 것이다."라는 말을 하지 않습니다.
- 가해자를 이해하거나 용서하라는 말을 하지 않습니다.
- 울거나 화를 내면 받아 주면서 감정을 밖으로 표출할 수 있게 도와줍니다.

• 경찰에 신고하고 부모님께 말씀드려 상담을 받을 수 있도록 도와줍니다.

• 피해자가 부끄러움을 느낀다면 부끄러운 일이 아니라고 용기를 줍니다.

• 살면서 누구나 겪을 수 있는 일이라고 위로하고, 앞으로 이 일로 힘들어 해서는 안 된다고 말해 줍니다. 어떤 어려움이 닥치더라도 아픔을 이겨내고 힘내서 자신의 삶을 사랑하라고 격려합니다.

가해자의 주변 사람이 해 줄 일

• 가해자가 성에 대해 올바른 생각을 갖도록 도와주지 못한 점, 음란물이나 폭력물의 나쁜 점을 알려주지 않은 점, 더 많은 관심을 기울이지 못했던 점을 진심으로 사과합니다.

• "잘못 걸렸다.", "피해자에게 문제가 있었다."라는 식으로 가해자를 옹호하기 위해 문제를 피해자 탓으로 돌리는 말을 하지 않습니다.

• 가해자가 "실수였다.", "그럴 의도는 아니었다.", "운이 나빴다.", "별일 아니다"라고 말한다면 절대 동의해 주지 말고 문제를 회피하지 않고 사실을 똑바로 인정하도록 도와줍니다.

• 가해자가 한 행동을 피해자의 입장에서 생각해 보도록 하고, 피해자에게 진정으로 사과하고 반성할 수 있도록 도와줍니다.

• 처벌을 피하려 한다면 처벌을 받아들여야 함을 설득합니다.

• "나는 어쩔 수 없는 놈이야."라는 말로 자학하지 않도록 도와줍니다. 사람은 변할 수 있으며 더욱 성숙한 인간이 될 수 있다고 말해 줍니다.

• 너무나 잘못된 행동을 했지만 여전히 소중한 가족이고 친구이며 그 사실은 변함이 없다고 말해 줍니다.

더하기와 빼기

– 진산

◦◦ 읽기 전에

지금으로부터 100년 전만 해도 모두들 십 대에 아이를 낳고 제 힘으로 가정을 꾸려 가며 살았습니다. 사회가 점점 복잡해지고 한 사람의 독립된 인간이 되기 위한 준비 기간이 점점 길어지면서 결혼을 하고 아이를 낳는 일도 점점 뒤로 밀려났지요. 하지만 여전히 십 대가 되면 인간은 부모가 될 수 있습니다. 십 대에 아이를 가질 수 있다는 사실은 그저 성교육 교과서의 이론일 뿐일까요? 청소년에게 임신은 탈선이나 성폭력 같은 특수한 상황에서만 일어나는 일일까요? 강제로 이루어진 성관계만 아니라면 아무 문제가 없을까요?

이 소설은 평범한 십 대의 임신을 다루고 있습니다. 임신은 나에게도 너에게도 우리 모두에게도 일어날 수 있는 일이라는 걸 보여 주지요. 주인공들은 두근두근 설레는 데이트 대신 우울하고 가시 돋친 대화를 나누다, 고민 끝에 부모님께 모든 것을 맡깁니다. 우리의 몸이 자라고 변하는 순간, 두근거리는 마음도 달콤한 입맞춤도 생명을 만들어 내는 일과 연결되지요. 소설을 읽으며 몸이 성숙한 만큼 마음도 성숙해져야 한다는 사실을 되새겨 봅시다.

◇◇◇

토요일. 가족들이 모두 모인 저녁 식사가 끝난 뒤 다은이는 시계를 확인했다. 7시 43분이다. 강재와 약속한 시간까지 20분이 좀 못 되게 남았다. 그 시간을 기다리기 너무 힘들었다. 하지만 기다려야 했다. 결행 시간은 정확히 8시. 강재는 강재의 집에서, 다은이는 다은이의 집에서 이야기를 하기로 약속했다. 같은 이야기를 동시에 하고 있다는 것만이라도 위안을 삼고 싶었던 거다.

그만큼 무서웠다. 밥이 코로 넘어가는지 귀로 넘어가는지 모를 정도였다. 사형 선고를 앞둔 죄수의 심정이 이럴까. 영원히 8시가 오지 않았으면 좋겠다는, 그러면서도 빨리 그 시간이 됐으면 좋겠다는 기분이다. 심장이 펄떡펄떡 뛰다가 입 밖으로 튀어나올 것만 같아서, 그러기 전에 얼른 그 말을 뱉어 버리고 싶었다. 58분. 59분. 마침내 시간이 되었다.

"드릴 말씀이 있는데요."

거실 소파에 앉아 텔레비전을 보고 있던 할머니, 부모님과 남동생이 탁구공을 좇는 고양이처럼 나란히 시선을 옮겨 다은이를 쳐다봤다. 누가 봐도 행복한 집안이다. 아버지는 공무원, 어머니는 현모양처, 초등학생인 남동생은 좀 얄미운 밤톨 같지만 다은이와는 티격태격하면서도 사이가 좋다. 할머니는 동네 사람들이 참 곱게 늙으신 분이라고 입을 모아 말할 만큼 고상하고도 꼿꼿한 분이다. 겉으로 이런 집안이면 속으로 곪아 터진 데라도 있어야 반전의 묘미가 생길 텐데 그렇지도 않다. 과하게 부유하지도 않지만 손쓸 수 없는 골칫거리도 없다. 한데 모인 가족들의 얼굴을 바라보면서 다은이는 생각했다. 이제 내가 만들겠지. 이 집안에 처음으로 생기는 검은 얼룩. 오점. 문제 덩어리.

할머니나 남동생 앞에서는 할 수 없는 이야기였다. 눈치를 챈 부모님이 안방으로 자리를 옮겼다. 남동생은 누나 뭐야 하고 투덜거렸다. 엄마한테만 이야기하고 싶은 마음도 있었지만, 어차피 아버지도 알게 되실 일이다. 그래서 별소리 없이 부모님 앞에 앉았다.

부모님은 딸의 입에서 어떤 고민이 나오든 들어 줄 만반의 준비가 되신 느낌이다. 이제 고등학생이 된 딸이다. 성적 문제든, 친구 문제든 고민이 없을 수 없다. 큰 말썽 한 번 안 부리고 자란 다은이를 늘 기특하게 여겨 오면서도 네가 그 흔한 반항 한 번을 안 하니까 도리어 걱정된다고 불평마저 하시던 부모님이다. 엄마 아빠, 죄송해요. 무엇을 상상하시든 그 이상을 들으시게 될 거에요. 첫 마디를 간신히 목구멍에서 뽑아내며, 다은이는 생각했다. 강재야, 나, 시작했어. 너도 지금 이야기하고 있니?

"저, 임신했어요."

다은이가 그 말을 뱉어 낸 순간 온 세상의 시간이 멈춰 버린 것 같았다. 드라마로 치면 스톱 모션이다. 부모님의 심장도 멈춰 버린 것 같았다. 한동안 아무 소리도 들리지 않았다. 그 한동안이 지나자 째깍, 째깍, 평소에는 들리지도 않던 시계의 초침이 움직이는 소리가 들렸다.

일단 말을 뱉고 난 뒤 다은이도 그다음 말을 어떻게 이어야 할지 몰랐다. 째깍, 째깍. 이제 침묵의 소리는 시계 초침 소리라는 말의 의미를 알 것 같았다.

째깍, 째깍. 같은 시각. 강재도 자기 집에서 그 침묵의 소리를 듣고 있었다. 하지만 다른 사정은 여러모로 달랐다. 우선 이야기하는 장소부터 다르다. 어두컴컴한 구멍가게 안. 이야기를 듣고 있는 것도 온 가족이 아니다. 아니, 온 가족이 맞다. 강재의 가족은 아버지 한 사람뿐이니까. 어머니는 강재가 어릴 때 가출해 버렸다. 그 뒤 어떻게 되었는지는 모른다. 어머니는 이 집안에서 금기의 단어였다.

사실 금기의 단어가 그것만은 아니다. 아버지와 강재 사이에는 거의 대화가 없었다. 아버지는 매일 새벽 가게 문을 열고, 매일 밤 가게 문을 닫았다. 가게 문을 여닫는 시간 외에는 태반은 취해 있었다. 단골들은 이웃의 아저씨들, 노인들이었다. 구멍가게 앞의 파라솔 아래에서 아버지와 그 단골들은 노상 마셔 댔다. 이게 구멍가겐지, 대폿집인지 알 수 없을 지경이다. 단골들이 돌아가면 아버지 혼자 마셨다. 집 주변에 편의점이 생기고 대형 마트가 들어섰지만 아버지의 가게는 변한 것이 없다. 망하지 않은 게 용할 정도다. 여름이면 어깨끈이 늘어진 흰 러닝셔츠. 겨울이면 목까지 지퍼를 올린 곤색 추리닝이 아버지의 옷 전부였다. 그런 모습으로 늘 마시고, 마시고, 마셨다. 강재가 좀 자라서 학교 다녀온 후에 가게 일을 돕긴 했지만 부자간에 대화는 거의 없었다. 가끔 학교에서 뭔가 특별한 준비물이 필요할 때나 말이 오갔을 뿐이다. 돈 줘. 어디다 쓰려고. 참고서 사야 해. 저번에도 샀잖냐. 그거 말고. 이거면 되냐. 됐어. 아껴 써라. 끝.

월례 행사였던 그 대화가, 이번 달은 좀 특별해져 버렸다. 다은이와 약속한 대로 8시에 강재는 거사를 감행했다. 말은 조금 달랐다. 저 임신했어요, 가 아니라 여자 친구가 임신했어, 였으니까. 어쨌거나 말을 꺼낸 뒤 침묵이 돈 것은 똑같다. 강재는 허벅지 위에 두 손을 올려 두고 고개를 약간 숙인 채 아버지의 반응을 기다렸다. 주먹이 먼저 날아올 수도 있다. 아니, 평소 술버릇을 보면 옆에 있는 빈 의자를 집어다가 냅다 후려칠 수도 있다. 어느 쪽이든 좋았다. 빨리 뭔가 반응이 나왔으면. 째깍 째깍 하는 침묵의 소리를 견디기가 힘들었다.

"강재야."

드디어 아버지가 입을 열었다. 강재는 고개는 숙인 채로 눈만 들어 아버지를 보았다. 어두워서 아버지의 표정은 잘 보이지 않았다.

"강제로 했나?"

잠시 무슨 뜻인지 몰라 대답을 못했다.

"쇠고랑 찰 짓 했나 말이다."

그제야 무슨 소린지 알아듣고 강재는 인상을 찌푸렸다.

"미쳤어?"

"그럼 우째 그래 됐는데?"

속에서 울컥 올라왔다. 그걸 어떻게 말로 해. 했으니까 생겼지. 그걸 뭐 말로 다 해야 해? 어쩌다 생겼는지 뭐가 중요해. 어차피 생겼다는 게 중요하잖아. 관심 있는 건 결과뿐이잖아. 어떻게 수습할지가 더 중요하잖아. 마음속에서 부글부글 그런 소리가 끓어올랐다.

막상 어쩌다 그렇게 되었는지 강재도 설명하기 힘들었다. 다은이와 자신은 정말 그럴 사이가 아니었다. 물론 남녀 합반의 공학, 교내 커플들도 제법 많은 학교다. 그렇게 불량한 분위기도, 그렇다고 분위기 비싼 학교도 아니다. 딱 평균 느낌. 하지만 그 안에도 물이라는 게 있다. 성적도, 집안도, 성격도 좋은 녀석들은 윗물이다. 그렇지 못한 녀석들은 아랫물이다. 학교야말로 계급 사회다. 아무도 그렇게들 대놓고 말하지 않지만, 학교라는 성안에 살아 본 사람, 살았던 사람은 누구나 안다. 윗물은 윗물끼리 논다. 아랫물은 아랫물끼리 논다. 그 경계를 넘는 일은 없다. 다은이는 그중에서 윗물에 속한 아이였다. 강재는 당연하게도 아랫물에 속했다. 같은 반이라는 건 알고 있었지만 그뿐이었다. 친해질 일은 없었다. 절대로.

그런데 그 일이 일어났던 거다. 학급 활동 때문에 늦게 귀가하던 다은이, 시비 걸던 이웃 남자애들. 모른 척 지나가려고 했는데 정신 차려 보니 그놈들과 얽혀서 싸우고 있던 자신, 다음 날 학교 옥상에서 다친 상처에 파스를 붙이고 있는데 머뭇머뭇 다가와서 고맙다며 말하던 다은이. 그 모든 일들이 영화처럼, 드라마처럼, 남의 일처럼 둘 사이에 흘러갔다. 그리고 비 오던 그날…….

"우째 그래 됐냐고 안 묻나?"

한동안 대답이 없던 강재를 아버지가 재촉했다. 강재는 입이 찢어져도 말하지 않겠다고 생각했다. 그래서 아버지를 노려보며 대답했다.

"그냥 그렇게 됐어."

그 순간, 아버지의 입가에 비틀린 웃음이 떠올랐다. 그 웃음을 보는 순간 강재는 다음에 일어날 일이 짐작이 갔다. 아버지는 의자를, 아니면 빈 술병을 들어 내리칠 거다. 각오했던 일이다. 피하기로 든다면 술에 전 아버지의 손 따위 못 피할 것도 없다. 드잡이를 해도 이길 자신은 있다. 하지만 이건 맞아야만 할 일이다. 아버지의 손이 움직이는 것을 보며 강재는 눈을 질끈 감았다. 그 순간 다은이가 떠올랐다. 어쩌고 있을까. 다은이는 약속대로 집에 이야기했을까. 어떤 꼴을 당하고 있을까. 다은이는.

엄마는 울고 계셨다. 아버지는 말을 더듬었다. 어쩌다 그렇게 됐느냐, 상대가 누구냐, 무슨 생각으로 그랬느냐, 아니 생각이 있느냐 없느냐. 그런 질문들이 울음소리 사이사이로 쏟아졌다. 강재와 마찬가지로 다은이도 그런 말들에 제대로 대답할 수가 없었다. 그건 다은이도 모르는 거였으니까.

강재가 좋았던 건 사실이다. 하지만 그 비 오는 날의 일은 정말 사고였다. 그렇게밖에 생각할 수가 없었다. 왜 그때 하지 말자고 밀어내지 못했을까. 남자애들은 그런 거 못 참는다고 하던데. 밀어냈어야 했다. 내가 했어야 했다. 못 그랬다. 딱히 좋았던 것도 아니다. 강재가 힘으로 그랬던 것도 아니다. 그냥 막을 수가 없었다. 딱 한 번이었다. 또 하고 싶을 만큼 좋았다고는 할 수 없었다. 강재가 징그럽게 느껴지기도 했다. 그런데도, 무엇인가 같이 나눴다는 느낌, 더 가까워졌다는 느낌만은 확실했다. 같은 죄를 나눴다는 달콤함. 그래, 그때까진 좋았다고 말할 수 있다. 매달 왔어야 하는 생리가 시작되지 않았을 때부터 지옥이 시작됐다. 무서웠다. 어찌해야 할지를 몰랐다.

강재와 이야기했다. 어찌해야 할지 모르기는 둘 다 마찬가지였다. 하지만 둘 다 어렴풋이 알고는 있었다. 아이를 지워야 한다. 낙태해야 한다. 돈만 있으면 그런 수술을 해 줄 곳은 널렸다. 돈이 필요했다. 돈만 있으면 없었던 일로 할 수 있다. 하지만 불운하게도, 둘 다 그럴만한 돈이 없었다.

다은이의 집은 강재네보다 넉넉했지만 자녀들에게 필요 이상의 사치는 시키지 않는다는 주의였다. 거짓말로 돈을 받아 내려고 하는 순간 눈치챌 게 분명했다. 무엇보다 다은이는 그런 거짓말을 할 배짱이 없었다.

강재네 집은 다은이네보다 가난했다. 게다가 구멍가게의 하루 수입은 아버지가 철저히 관리했다. 강재는 자기가 어떻게든 구해 보겠다고 했다. 아버지가 잠든 사이에 금고의 돈을 훔쳐 오려는 게 뻔했다. 다은이는 그러지 말라고 했다. 그랬다가 만약 들키면 강재가 얼마나 두들겨 맞게 될지 눈에 그려졌기 때문이다. 아는 형들에게 빌려 보기라도 하겠다고 했다. 그것도 말렸다. 강재가 아는 형들이란 하나같이 불량한 사람들뿐이니까. 그런 사람들에게, 둘의 일을 알리고 싶지 않았다. 뭐라고 비웃을지 상상만 해도 소름이 끼쳤다. 그런 사람들 입에 오르내린다는 것 자체가 싫었다. 이것도 안 된다, 저것도 안 된다 하자 그러면 어쩌자는 소리냐고 강재가 버럭 소리를 질렀다.

둘은 많이 싸웠고, 많이 울었다. 다은이는 이런 생각도 했다. 왜 난 여자로 태어났을까. 똑같이 했는데, 강재는 아무것도 변한 게 없다. 자기만 몸살 걸린 것 같고, 속이 메슥거리고, 아랫배가 무거웠다. 죽고 싶다는 생각도 여러 번 했다. 그러면서도 학교에 다녔다. 그러면서도 수학 공식을, 영어 단어를 외워야 했다. 누구에게도 말할 수 없었다. 하지만, 그렇다고 그냥 있을 수는 없었다. 하루하루 몸이 달라져 갔고, 힘들었다. 그러다 내린 결정이 이거였다. 그냥 양쪽 집에 말하고 도움받자고.

될 대로 되라는 기분도 있었다. 포기하는 심정도 있었다. 그냥 다 두들겨 맞고, 혼나고, 그다음에는……. 그다음에는 부모님이 알아서 해주시겠지. 병원에 데려가고, 없었던 일로 무마하고, 집안에 생긴 얼룩을 락스로 표백하듯 없애 주겠지. 그런 심정으로 고백하기로 했다.

엄마의 울음소리를, 차마 떨어지지 않는 입으로 그간의 사정을 묻는 아버지의 목소리를 듣고 있자니 그조차도 후회됐다. 말하지 말걸. 차라리 말하지 말걸. 엄마 우는 소리, 아버지 기가 막혀 하는 소리 듣는 게 이렇게 힘든 건 줄 알았으면 차라리 돈 훔쳐서라도 중절할걸. 지금까지, 그리고 앞으로 살아갈 모든 인생이 다 무너져 내리는 것 같아서, 다은이도 울었다. 할 말이 없어서, 말이란 말은 모두 서러움으로 솟구쳐 올라서 울었다. 참으려고 애쓰면서도 울었다. 하지 말걸. 하지 말았어야 하는데. 강재 만나지 말걸. 좋아하지 말걸.

"내일 일어나자마자 바로 병원 가자."

겨우겨우 울음을 삼킨 엄마가 마침내 그렇게 결론을 내렸다. 아버지도 한숨으로 동의했다. 다은이는 사형 선고를 받고 오히려 마음이 편해지는 죄수의 기분을 느꼈다. 그래, 당연히 이렇게 될 거였다. 이걸 바라고 고백한 거다. 요령 좋은 아이들처럼 배 속의 아이를 어떻게 처리할 꼼수를 내지도 못할 만큼 무기력하니까. 다은이는 울면서 고개를 끄덕였다. 그렇게 결정은 내려졌다. 그렇게 모든 일은 끝날 거였다. 울음소리가 커질 때부터 문밖에서 듣고만 계셨던 할머니가 갑자기 문을 열고 들어와 입을 여시지만 않았다면.

그날 밤, 강재는 다리를 절룩이며 다은이네 집으로 향했다. 온몸이 욱신거렸다. 구멍가게 안의 온갖 물건들이 다 흉기가 될 수 있다는 걸 몸으로 체험한 시간이었다. 거울은 안 봤지만 얼굴도 엉망일 거였다. 그렇게 엉망인 얼굴에 피식피식 웃음을 흘리며, 다은이네 집 앞 가로등 앞에 섰다. 다은이 방의 불은 꺼져 있었다. 자고 있을 거다, 라고 생각하면서도 강재는 휴대전화를 꺼내 다은이의 번호를 눌렀다. 뜻밖에도 한 번 벨이 울리고 다은이가 받았다. 엄청 혼나고 울다가 지쳐서 잠들었을 줄 알았는데.

"강재니? 괜찮아? 어디야?"

집 앞이라고 했더니 놀랄 일이 또 생겼다. 잠시만 기다리라고 하더니 다은이가 나온 것이다. 엉망으로 깨진 강재를 보고 다은이가 물었다.

"많이 맞았어?"

강재는 고개를 끄덕였다. 그리고 찡그린 웃음을 지었다. 맞고도 웃다니. 다은이는 의아한 표정으로 강재를 바라봤다. 하지만 의아하긴 강재도 마찬가지였다. 눈은 울어서 퉁퉁 부어 있는 게 확실한데, 다은이의 목소리가 묘하게도 차분했다. 임신한 걸 알고 나서부터는 정말 많이 힘들어했던 다은이다. 시도 때도 없이 울고, 짜증내고, 그것 때문에 강재도 힘들었다. 몸은 다은이처럼 아프지 않았지만, 목덜미와 어깨 위에 쇳덩이를 메고 있는 것처럼 힘겨웠고, 도망도 치고 싶고, 스스로가 한심하기도 하고, 다은이가 밉기도 했었다. 그렇게 강재를 힘들게 하던 다은이의 목소리가 이상하리만치 밝았다. 무슨 일이 있었던 걸까. 둘은 서로를 의아하게 바라보다가, 누가 먼저랄 것 없이 물었다.

"어떻게 됐어?"

같이 물었고, 동시에 멈칫했다. 그러다가 다시 눈이 마주쳤고, 강재가 먼저 말하기로 했다.

"죽도록 맞았어."

다은이가 약간 이마를 찌푸렸다.

"그냥 패기만 했어?"

"아니."

강재는 어떻게 말해야 좋을지 모르겠다는 표정으로 입을 굼실거리다가 뱉었다. 아버지가 그렇게 실컷 패고 나서 앉혀 놓고 소주 한 병을 까고는 해 준 이야기였다.

"너네 집 가서 죽여 주십시오, 하래."

뱉고 나니 흐, 웃음이 나왔다.

"무조건 삭삭 빌고, 시키는 대로 하래. 그게 책임지는 거라고."

그런 말을 하면서, 강재는 계속 피식피식 웃음을 흘렸다. 맞은 자리가 욱신거려서 아버지처럼 비틀린 웃음이었다.

"아버지가 같이 가 주겠대. 혹시 너네 아버지가 날 패면 같이 맞아 준다네. 시발, 웃기지 않냐. 나더러 이러더라. 강재 너 진짜 강제로 한 거 아니지? 강재는 강제로 할 것 같은데. 시발, 무슨 개그냐, 그 와중에."

그다음 말은 다은이 앞에서도 하기가 쑥스러워서 차마 못했다. 아버지의 말들이 이상하게 기분 좋았다고. 같이 가 주겠다는 말이, 혼자가 아닌 기분이 들었다고.

솔직히 말하자면, 다은이는 강재가 그 말을 하면서 왜 히죽히죽 웃는지 이해가 가지 않았다. 하지만 어렴풋이 알 것 같기도 했다.

"우리 엄마 아빠는 내일 병원 가자고 하셔."

강재의 얼굴에서 웃음기가 좀 가셨다. 다은이는 곧바로 이어서 말했다.

"그런데 할머니가 반대하셨어."

"왜?"

대답하기 전에, 다은이가 조금 머뭇거렸다.

"그게, 알고 보면 나도 속도위반으로 태어났다고."

"뭐?"

"게다가 엄마 아빠뿐이 아니래. 할아버지도 젊을 때 할머니 임신시켜서 장인어른한테 반 죽도록 얻어맞고 겨우 결혼했다고."

"그래서? 할머니가 네 편들어 준 거야?"

"편들어 주신 게 아냐."

다은이는 고개를 저었다. 그렇게 느닷없이 어른들의 과거사를 폭로한 후에 할머니는 따끔하게 다은이를 혼내셨다. 엄마의 울음소리보다 아버지의 한숨보다 그 말들은 더 아프게 와서 박혔다. 다은이는 그 말을 그대로 강재에게 들려주었다.

"그래도 네가 한 일은 네 부모하고는 다르다. 책임질 준비가 전혀 안 되었는데 벌인 일이니까. 그리고 더더욱 잘못한 건, 이도 저도 안 되니까 부모가 다 뒤처리해 줄 거라고 기대한 거다. 그건 무책임한 짓이다. 아이를 없앤다고 네가 한 일이 없어지는 게 아니다. 하지만 없애면 너는 그게 없었던 일이라고 착각하게 될 거다……."

다은이는 숨을 들이마시고 할머니의 나머지 말을, 다은이뿐 아니라 부모님까지도 어이없게 만든 말을 반복했다.

"한 번 그렇게 하면 두 번째도 쉽다. 꼭 이런 일이 아니라도 자기가 한 일을 없었던 걸로 해 버리는데 익숙해져 버릴 거다. 그건 어른이 되는 길이 아니다. 어른인 척하면서 누릴 걸 누리려다가 감당이 안 되니까 도로 어린애가 되어 버리는 거다. 그러니까, 그 아이를 낳아라, 라고."

강재도 어이가 없어서 한동안 입만 벌리고 있었다. 꼰대도 이런 꼰대가 없다 싶었다. 게다가 현실감도 없는 꼰대다.

"엄마 아빠한테도 그러셨어. 애를 지우는 걸 도와주지 마라. 정말로 도와주고 싶으면 아이를 낳고서도 학교 다니고, 성인이 될 수 있도록 도와줘라. 책임지는 법을 배우도록 도와줘라, 하고."

"그래서……, 어쩌기로 됐어? 그러기로 했어?"

"아니. 엄마 아빠도 그것만은 안 된다고 펄쩍 뛰셔. 알잖아."

강재는 고개를 끄덕였다. 뻔히 알 수 있는 일이다. 학교에서도 알게 될 거고, 난리가 날 거다. 모르긴 몰라도 다은이나 자기나 정상적으로 학교를 다니고 졸업할 수는 없을 거다. 결혼? 그런 게 가능할까? 아니, 가능하다 치더라도, 솔직히 거기까진 생각도 안 해 봤다. 다은이가 좋긴 하지만, 그건 그냥 지금 마음일 뿐이다. 할머니의 이야기는 정론이다. 그렇지만 그건 꿈이고 이상이다. 막상 그런 걸 해내려면 얼마나 치러야 할 일이 많을까. 다은이는 이제 다른 데 시집도 못 갈 거다. 그렇다고 다은이와 강재가 결혼하기엔, 다은이네 집과 강재네 집은 처지가 달라도 너무 다르다. 많다. 문제가 너무 많다. 어떻게 할 수 없을 정도로 많다. 그냥 아이를 없애 버리고 원래 가야 했던 대로 살아가는 게 더 나을지도 모른다. 그게 더 당연하다. 그게 훨씬 그럴싸하다. 정론을, 이상을 말하는 건 그 현실 바깥에 서 있는 할머니 같은 사람한테나 가능한 일이다.

"어떻게 될지 모르겠어. 모르겠는데……."

다은이가 차분하게, 뭔가 짐을 던 듯이 말하는 기분을 강재도 이해할 수 있을 것 같았다.

"하나도 모르겠는데……, 그냥 어떻게든 할 수 있을 것 같아. 그런 기분이 들어."

"나도 그래."

강재는 고개를 끄덕였다.

"죽도록 매를 맞는데, 이상하게 기분이 시원했어. 맞고 싶었나 봐.

죽도록."

욱신거리는 뺨을 만지며 강재는 말했다.

"맞고 나니까, 갑자기 막 별 생각이 다 나는 거야. 왜 아무것도 할 수 없다고 생각했지. 돈 없으면 알바라도 뛰어서 마련했으면 되는데. 하려고 들면 할 수 있잖아. 몇천만 원 벌어야 하는 것도 아니고. 아기 만들 정도면 다 큰 거잖아. 어른이잖아. 근데 왜 그 생각을 못 했을까?"

여기저기 멍들고 까진 얼굴로 그렇게 말하며, 강재가 눈치 보듯이 힐끔거렸다. 다은이는 왠지 배시시 웃었다. 엄마는 늘 남자들은 다 어린애라고 했는데, 이런 기분일까.

"그래도 난 말하길 잘했다고 생각해."

꽉 주먹 쥔 강재의 손 위에 손을 얹으면서 다은이는 속삭였다.

"우리 아직 어리잖아. 어떻게 해야 할지 몰랐잖아. 우리끼리 알아서 했으면 많이, 엄청 많이 힘들었을 거야. 할머니가 그러시더라. 빼기만 하면서 살지 말라고. 더하기 하면서 살라고. 1 더하기 1 해서 2 만드는 건 누구나 하는 거라고. 1 빼기 1 해서 0 만드는 건 바보들이라고. 좋게 살고 싶으면 1 더하기 1 해서 3 이상 만들라고."

잠자코 듣던 강재가 조심스레 물었다.

"그거, 아기 낳으라는 소리야?"

다은이는 풉 웃고 말았다. 그게 뭐가 웃긴가 싶었지만, 강재도 다은이를 따라 피식 웃었다. 다은이가 잡았던 손을 강재가 다시 붙잡았다. 지그시, 그 손에 힘이 들어갔다.

둘 다 알고 있다. 어떻게 될지 모른다는 걸. 아무것도 정해진 건 없다. 결국 아이는 지워야 할지도 모른다. 사실 그게 두 사람에게 더 나을지도 모른다. 아이를 낳는다고 해도, 두 사람 사이가 어떻게 될지도 모른다. 아직은 둘 다 어리니까. 하지만, 그 순간에 둘은 모두 조금 더 어른이 된 기분이었다. 아이를 만들게 되었던 그 비 오던 날보다도 조금 더.

진산

때로는 무협 작가, 때로는 로맨스 작가, 때로는 판타지 작가, 혹은 프로게이머(?), 혹은 마님으로 불리는 변신 능력 소유자입니다. 한 번뿐인 인생에서 가장 소중한 것은 자신이 만족할 수 있는 삶이며, 그것을 위해서는 항상 선택은 책임이자 권리라는 것을 믿어야 한다고 생각합니다.
하이텔 공모전에서 무협 단편이 당선된 이후로 쭉 여러 가지 장르를 섭렵하면서 많은 책들을 냈습니다. 그러나 아직 써야 할 책들이 더 많고 대표작은 아직 나오지 않았다고 생각하면서 하루하루 새로운 날을 살아가고 있습니다.
그동안 지나온 삶의 발자취들로 무협 『청산녹수/비애』『홍엽만리』『색마열전』『대사형』『정과검』『사천당문』『결전전야』『마님 되는 법』『테라의 전쟁』『커튼콜』『오디션』『리허설』『가스라기』『일곱 개의 숟가락』『진산무협단편집』『바리전쟁』 등이 있습니다.

읽고나서

어른의 몸을 한 우리들의 이야기

1. 이 소설에 나오는 주인공 '다은이'와 '강재'의 마음은 어떻게 변하고 있을까요? 소설의 내용을 생각하면서 두 사람의 심리 상태를 그래프로 그려 보고, 그 이유도 함께 이야기해 봅시다.

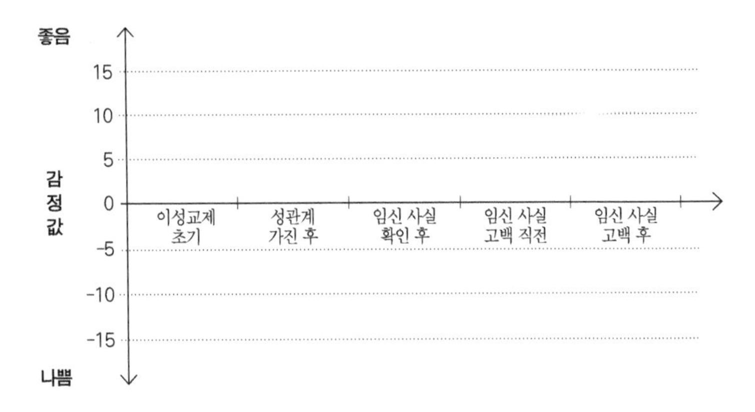

2. 소설에 나오는 다은이 부모님, 다은이 할머니, 강재 아버지, 그리고 다은이와 강재가 문제를 해결하는 방식이 각각 어떻게 다른지 정리해 봅시다.

- 다은이 부모님 :
- 다은이 할머니 :

• 강재 아버지 :

• 다은이 :

• 강재 :

3. 자신이 주인공이 되는 인생 드라마의 줄거리를 구상해 봅시다. 특히 어느 시점에서 결혼을 하고 부모가 될 것인지 생각해 봅시다.

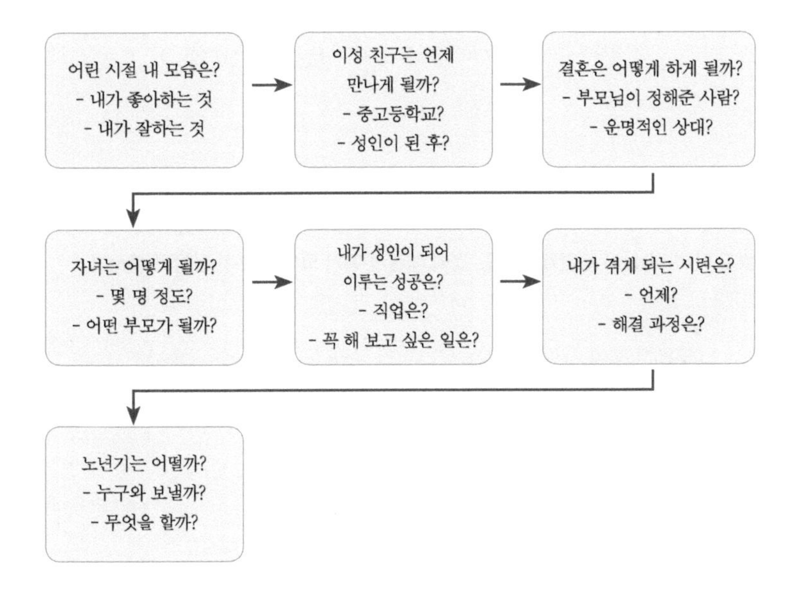

4. 이성 교제의 단계를 그려 보고 여자 또는 남자의 입장에서 각 단계마다 생각해 봐야 할 점들을 말해 봅시다.

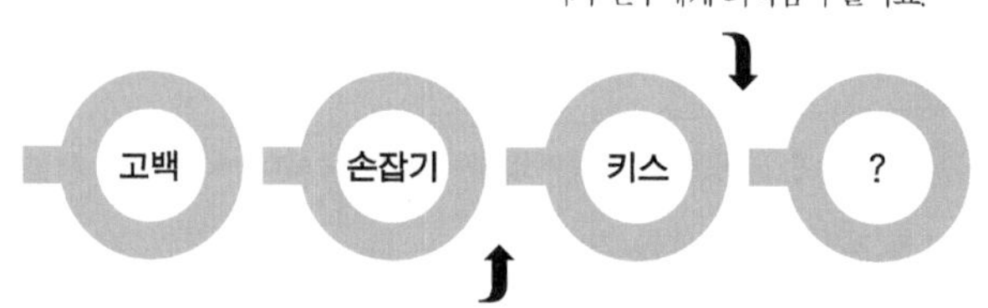

5. 다음은 〈아하청소년성문화센터〉에서 제시하는 성관계를 위한 스무고개입니다. 글을 읽고 나서, 자신이 성관계를 하는 것에 대한 준비가 되어 있는지 생각해 봅시다.

1. 성관계 후에 생길 수 있는 심리적인 부담을 감당할 수 있을까?
2. 성관계에 동의했더라도 마음이 바뀌면 언제든지 그만둘 수 있을까?
3. 상대와 합의 하에 성관계를 하는 것일까?
4. 충동이나 호기심만으로 성관계하는 것은 아닐까?
5. 술을 많이 마신 상태에서 성관계를 하려는 것은 아닐까?
6. 정말 사랑하는 사람과 성관계를 하는 것일까?
7. 서로의 성적인 행동에 대해 두려움과 불안은 없나?

8. 상대방과 서로의 성적 욕구에 대해 이야기할 수 있을까?

9. 서로 좋아하거나 싫어하는 성적 행동이 무엇인지 알고 있나?

10. 나의 벗은 모습을 상대방에게 당당히 보여 줄 수 있을까?

11. 질외사정으로 임신이 될 수 있다는 것을 알고 있나?

12. 임신했다는 이유만으로 헤어지는 것은 아닐까?

13. 임신 가능한 시기가 언제인지 알고 있나?

14. 임신했을 경우 아기를 낳아 키울 수 있을까?

15. 인공 임신 중절 수술의 위험과 후유증에 대해 알고 있나?

16. 성병의 증상과 예방법을 알고 있나?

17. 상대와 의논하여 피임 방법을 선택할 수 있을까?

18. 여러 가지 피임 방법의 장단점을 알고 있나?

19. 콘돔 사용 방법을 정확히 알고 있나?

20. 콘돔을 살 수 있는 장소를 알고 있고 혼자 살 수 있나?

6. 다음 신문 기사를 읽고 십 대 청소년의 임신과 출산에 관련된 문제를 어떻게 해결해야 할지 친구들과 토론해 봅시다.

경제적으로나 정서적으로 미성숙한 십 대 청소년들의 임신은 당사자들을 나락으로 빠뜨린다. 이들의 상담 내용은 어디에도 기댈 데가 없는 우리 사회의 현주소를 그대로 보여 주고 있다. 더욱이 십 대 청소년의 임신은 저소득층에서 많다는 점이 문제로 지적됐다. 2000년대 들어 급격히 진행된 소득 격차로 늘어난 저소득층 십 대들은 친밀성에 대한 상호간의 욕구가 커져 연애와 동거 생활로 이어지고 있다는 분석이다.

대부분의 십 대 청소년들은 임신 이후 어떻게 대응해야 할지 모르는 경우가 태반이었다. 설사 낙태(임신 중절)를 결심하더라도 돈이 없는 데다 보호자의 동의서가 필요해 고민하는 사례가 많았다. 부모에게 눈물로 이실직고 하지 않는 한 길이 없는 것이다.

더러는 아이를 낳아 양육하겠다고 결심하는 십 대도 있다. 하지만 또 다른 현실의 벽이 놓여 있다. 바로 학업의 지속 여부다. 고3 딸이 임신했다는 한 어머니는 "딸아이의 졸업은 꼭 시켰으면 하는데 학교 측은 다른 생각을 한다."며 마땅한 방법을 묻기도 했다. 학교 이미지나 면학 분위기에 악영향을 미친다는 이유로 자퇴를 종용하는 학교와 주변의 차가운 시선에 부모나 자식 모두 임신을 숨기고 계속 학교를 다녀야 할지, 자퇴나 휴학을 해야 할지 갈피를 못 잡는 경우가 많았다.

사실 고백 이후 실망하고 가슴 아파할 부모님의 모습이 눈에 밟혀 그러지 못하고 가슴앓이를 하는 청소년들도 많다. 그렇다면 자녀의 임신 사실을 알게 된 부모는 적절하게 대응하고 있을까. 19살인 딸이 한 살 어린 남자 친구와 성관계로 임신했다는 한 어머니는 남학생 부모에게 연락했지만 "내 아들의 씨인지 어떻게 아느냐, 딸 단속이나 잘하라."는 훈계를 들었다. 어머니 본인도 아이 둘을 가진 처지라 딸에게 낳으라고 말할 수도 없는 터에 상대편 부모가 막무가내로 자기 자식 입장만 옹호하자 말문이 막힐 수밖에 없었다. 이처럼 남녀 학생 양측 부모의 입장이 다르다. 물론 상당수는 남녀 학생 부모가 수술비 등 원만한 합의를 한 경우도 있지만 법적 문제로 비화

하는 경우도 없지 않다.

임신을 하게 된 십 대는 낙태를 해도 자유로울 수 없고, 하지 않아도 다른 출구가 없는 현실에서 국가적, 사회적 대책은 이제 걸음마를 떼는 단계다. 십 대 청소년의 임신 · 출산은 늘어나는 추세인데 그동안 덮어 두고만 있었다. 아하청소년성문화센터 박현이 부장은 "십 대들은 신체적으로 미성숙하고 정서적으로 민감하다 보니 임신 중절을 하더라도 후유증과 함께 심리적 고통에 시달린다"며 "어디에서도 보호받지 못하는 이들의 건강과 경제, 학업 문제에 대한 총체적인 대책이 필요하다"고 말했다.

〈한국일보〉 2010. 3. 9

**

성, 스러운 그녀

- 김혜정

◦◦ 읽기 전에

사춘기가 되면서 인생은 불가사의한 터널 속으로 빠져듭니다. 몸과 마음의 변화가 한꺼번에 나타나기 때문이지요. 감정의 진폭이 널뛰듯 하며, 성과 몸에 대한 호기심이 마치 봄날 꽃눈 터지듯 열립니다. 특히 남자는 성적인 충동감을 스스로 억제하기 어려운 상황과 수시로 맞닥뜨리게 되지요. 욕망에 대한 죄책감이 그림자처럼 따라다니기도 합니다. 사실 사춘기에는 이것만큼 자신을 괴롭히는 것도 없지요. 문제는 누구나 겪는 자연스러운 성적 호기심과 충동을 일상생활 속에서 어떻게 잘 받아들여 자신을 보듬느냐 하는 것인데, 이게 생각만큼 쉽지 않습니다.

이 소설의 주인공 '나'도 이런 혼란의 한복판을 건너는 중3 남학생입니다. 친구들에게 당하는 온갖 신체적 놀림을 옆방 누나에 대한 '격렬한 사랑'으로 위안 받고자 합니다. 당연히 성적은 바닥으로 곤두박질치겠지요. 이런 혼란 속에 맞이한 여자 친구와의 이별은 '나'에게 큰 변화를 느끼게 해줍니다. 상황은 각자 차이가 있겠지만, 바로 내 이야기이기도 하고, 친구의 이야기이기도 합니다. 소설을 읽으며 나를 아끼고 키우는 성(性)적 성장의 의미를 함께 새겨 봅시다.

◇◇◇

얼굴이 하얗다 못해 푸른빛이 도는 여자애, 일명 성모 마리아가 골목 어귀에 서 있었다. 반가우면서도 가슴이 철렁했다. 일주일째 학교에 오지 않아 걱정한 것도 사실이지만 이런 식으로 맞닥뜨릴 거라고도 예상치 못했다.

무슨 일이지? 설마, 나를 보러 온 건 아니겠지?

못 본 척하고 지나치려는데 그 애가 앞을 가로막고는 내 눈을 뚫어져라 바라보았다.

"할 말이 있어."

"어?"

나는 눈을 어디다 둘지 몰라 허둥댔다. 그 애는 작정이라도 한 듯 물러서지 않았다.

"시간 좀 내줄래?"

대답 대신 나는 그 애의 목에 십자가 목걸이가 걸려 있는지부터 살폈다. 없었다. 미안하다는 말을 해야 하는데 말이 목에 걸려 나오지 않았다.

번데기에 동정녀라, 환상의 조합인데? 성스럽지. 개성스러워. 일주일 전 상범이 패거리에게 당한 모욕을 생각하면 아직도 속이 활활 뒤집혔다. 남자들끼리 치고받고 하는데 계집애가 겁도 없이 끼어들기는.

합리화를 해 보아도 어쩔 수 없이 속이 켕겼다. 이럴 때는 슬쩍 피하는 게 상책이었다.

"지금은 좀 바쁜데."

"잠깐이면 돼."

"저기, 빨리 엄마한테……."

간신히 그 애를 따돌리고 집으로 오는 길, 그 애의 쓸쓸한 표정이 자꾸 떠올랐다.

왜 나를 찾아온 걸까? 할 말은 또 뭐지?

나답지 않게 왜 이러는 거야. 그 애에 관해서라면 오래전에 신경을 끊기로 하지 않았나.

기분이 가라앉으면서 느닷없이 허기까지 몰려오는데 엄마는 아줌마들과 화투판을 벌이고 있었다. 아들의 기말고사가 다가오는데 노름꾼을 불러들이는 엄마라니. 그래도 어쩌겠는가. 아버지 없이 혼자 나를 키우느라 뼛골이 빠진다는데. 엄마 말마따나 내가 공부를 잘하는 것도 아니고 인물이 잘난 것도 아니어서 엄마의 자랑도 기쁨도 되어 주지 못하니 그 정도는 눈감아 줄 수밖에. 도서관에 가는 것도 내키지 않은 차에 마침 창희 누나가 사는 옆방 문이 빠끔 열려 있는 것이 보였다. "너의 무단 침입을 허하노라." 누군가 내 귀에 대고 속삭였다.

방바닥에는 누나의 몸만 쏙 빠져나간 이불이 반쯤 젖혀져 있었다. 누나의 속옷들이 나를 보더니 일제히 아우성을 쳤다. 나는 먹잇감을 찾는 짐승처럼 킁킁거리며 잽싸게 속옷을 주워 들고는 이불을 둘러썼다. 정신이 몽롱해지고 몸에서 힘이 빠져나갔다.

사방에서 아지랑이가 피어올랐다. 나는 꽃 덤불 속에 누운 채 닿을락 말락 하는 누나의 얼굴을 올려다보았다. 브이 라인에 애교 점만으로도 근사한데 눈썹은 연예인 저리 가라 수준이었다. 오랫동안 야미로 눈썹 문신을 해 온 엄마의 솜씨 중 최고였다. 누나가 그윽한 눈길로 나를 내려다보았다. 나는 언제까지나 이렇게 누워 있고 싶었다. 브래지어 밖으로 밀려 나온 누나의 젖가슴이 느껴졌다. 너무 황홀해서 눈물이 다 찔끔 나왔다. 어느새 콧잔등에 따스한 기운이 밀려오고 누나의 입술이 내 입술에 닿았다. 곧이어 말랑말랑하고 촉촉한 것이 내 입속으로 미끄러져 들어왔다. 곱슬머리에 주먹코, 팔뚝에 털이 부숭부숭한 내가 매력 덩어리 누나와 키스를 하는 순간이었다. 누나의 손이 내 셔츠 속으로 파고들더니 어느새 바지 속으로 질주했다. 삶이란 수수께끼 같은 것이다. 어느새 바지 속이 불룩해졌다.

"야!"

고함소리에 눈을 떴을 때는 방 한가운데서 엄마가 나를 노려보고 있었다. 이미 젖어 버린 바지를 감추기 위해 나는 길게 하품 소리를 내며 돌아누웠다.

"잘한다 잘해. 시험이 낼모렌데 대낮부터 자빠져 잠이나 자고. 도서관 같은 델 가면 죽을병이라도 옮는다던?"

"언제는 건강하게만 자라 달라면서."

"뭐야?"

나는 아무 대꾸도 하지 않았다. 무안함을 감추는 방법으로는 공격이 최상이었다.

"나도 해 줘."

"뭘?"

"그거."

"그게 뭐야?"

"칫! 다 알면서 그래."

"놀고 있네."

"다른 애들은 다 했단 말이야."

"따라 할 게 따로 있지 남 한다고 다 하냐?"

"오줌이 옆으로 튄다니까."

"똑바로 서서 싸면 될 거 아냐?"

"엄마, 내 친엄마 맞아?"

"말하는 싸가지 하고는. 너 같은 놈 키우면서 여태 암 안 걸리고 산 게 신통하지."

"그런 말 하는 사람은 절대 암 안 걸린대."

"그래? 그렇다면야 천만다행이고."

엄마야말로 하나밖에 없는 아들에게 이렇듯 무관심해도 되는 것일까. 이 나이 되도록 고래 하나 안 잡아 주면서 말로만 우리 아들, 아들. 허구한 날 아줌마들하고 수다를 떨면서 귀는 장식으로 달고 다니시나.

중학교 3학년이 되자 아이들은 급변했다. 담배를 피우는 아이들이 늘어났고 무엇보다 뻔뻔해졌다. 화장실에서 용무를 마치고도 지퍼를 올리지 않고 서로 힐끗거렸다. 나는 어지간히 급하지 않으면 화장실에 가지 않았고 정 급할 때는 대변기 칸으로 뛰어 들어가곤 했다. 거기까지는 괜찮았는데, 뒤늦게 수학여행을 다녀온 후 이전까지와는 비교할 수 없는 변화가 찾아왔다.

수학여행의 하이라이트인 장기자랑이 가져다준 흥분의 여파는 숙소까지 이어졌다. 상범이 패거리가 귀신같이 숨겨 놓은 소주를 마시더니 성 경험에 대해 이야기하면서 우쭐댔다. 경험이 없는 아이들은 호기심 어린 눈으로 그 애들을 바라보았다. 최고 연상과의 최다 경험으로 숙맥의 자리에서 단번에 지존으로 등극한 아이를 향한 선망의 눈길은 사뭇 유치했다. 나는 본능적으로 그런 것들로부터 물러나 있었다.

허무하게 지존의 자리를 내준 상범이 패거리가 한참 식식거리다가 샤워실로 들어가더니 차례로 아이들을 불러들였다. 서로 포피를 잡아당기다가 재미가 붙었던 듯했다. 나는 가슴이 덜커덕 내려앉았다. 무슨 수를 써서라도 위기를 모면해야 한다는 생각뿐이었다. 하는 수 없이 머리가 아프다는 핑계를 대고 누워 있었다. 방마다 돌며 아이들을 감시해야 할 선생들도 뭘 하는지 기척이 없었다. 예상대로 아이들은 나를 가만 놔두지 않았다. 야, 저 새끼 저거 고자 아냐? 오줌도 앉아서 싸고. 그러고 보니 이 짓궂은 장난은 처음부터 나를 겨냥한 음모라는 생각이 들었다.

나는 이불을 머리까지 둘러쓴 채 시간이 흘러 주기를 바랐고 어떻게든 잠을 자려고 애썼다. 잠이 안 올 때 쓰는 방법, 일종의 마법을 걸었다. 스스로 마술사가 되어 의식을 지배한 덕분에 잠들 수는 있었지만 그것은 돌이킬 수 없는 실수가 되어 돌아왔다. 내가 잠든 사이, 아이들이 내 하의를 상실시킨 것이다. 그럼 그렇지, 번데기였군. 다음 날

아침 소문은 일파만파로 번졌고, 여자애들까지 덩달아 낄낄대며 나를 덜떨어진 아이 취급했다.

그 일만 생각하면 지금도 속이 부글부글 끓었다. 그 후 상범이 패거리는 대놓고 나를 무시했다. 어이, 번데기! 하고 부르는 건 예사고 비엔나, 코딱지가 어쩌고 하면서 비웃기 일쑤였다. 심지어는 침을 뱉거나 발을 걸기도 했다. 그뿐인가. 쉬는 시간이 되면 빵과 햄버거, 음료수 따위를 사 오라고 심부름을 시켰다. 처음 몇 번은 못 들은 척하며 버텼지만 아이들은 집요했다. 어쭈? 이 새끼 이거 번데기 주제에 간댕이까지 배 밖으로 출타하셨다? 들어주지 말아야지 했다가도 그 애들과 눈이 마주치면 도리가 없었다. 여자애들은 쉽게 그걸 감지했다. 여자 어른들이 큰 집과 고급 승용차를 가진 남자들을 좋아하듯이 여자애들은 힘 있는 남자애들 곁에서 알짱거리기를 즐겼다. 아니, 고래를 잡지 않은 애들을 껌딱지 보듯 했다. 부당한 일이었지만 내가 어떻게 할 수 있는 일이 아니었다. 나는 침묵함으로써 그 애들과 아슬아슬한 줄타기를 했다.

초등학교 동창인 동정녀 마리아, 그 애만이 거기서 비껴 있었는데 나는 그 애가 더 부담스러웠다. 얼굴이 창백하고 말이 없는 애로 아이들과 잘 어울리지 않았을 뿐만 아니라 남자애들에게는 더욱 까칠하게 굴었다. 상범이 패거리가 아무리 집적거려도 그 애는 눈 하나 깜짝하지 않았다. 거기에 약이 오른 패거리 중 누군가 오호, 성스러운 몸이시다? 비아냥거린 것이 성모 마리아라는 별명으로 굳어 버렸다. 초등학교 때는 발레 콩쿠르에 나가 상도 몇 번 받더니 중학교에 와서는 발레를 하지 않았다. 집이 망했을 거라는 둥 발레에 소질이 없었을 거라는 둥, 성질이 더러워서 잘렸을 거라는 둥 소문만 무성했지 정작 진실을 아는 아이는 없는 듯했다. 그 애가 도마 위에 오를 때마다 나는 가슴이 아릿했지만 그 애 편을 들고 나서지는 못했다. 초등학교 때 강당 창문에 매달려 그 애가 춤추는 걸 훔쳐보았다가 코치에게 늘씬하게 얻어맞은 이후 그 애하고 엮이는 것은 되도록 피했다. 백조 말이야, 우아하게 물에 떠 있는 것 같지만 실은 물에 빠지지 않으려고 버둥거리고 있는 거래. 언젠가 그 애가 보내온 문자에도 답신을 보내지 않았다. 내 마음속의 그 애는 투구를 쓴 유리 인형이었다. 그래서 이따금 그 애의 시선이 등에 꽂히는 걸 느끼거나 그 애와 눈이 마주쳐도 슬쩍 외면하는 쪽을 택했다. 한번은 내가 숙제를 못 해 온 걸 알아챈 그 애가 자기 공책을 내밀었다. 나는 단호하게 거절했다. 그런 일로 그 애가 남의 눈총을 받는 걸 보느니 차라리 내가 매를 맞는 게 속이 편했다.

이번 일만 해도 그 애가 나 대신 상범이 패거리의 심부름을 해 준 것이 화근이었다. 번데기와 동정녀라, 환상의 조합인데? 피차 꼴리는 일도 없을 테니 성스럽겠네. 개성스러워. 상범의 입에서 그 말이 나왔을 때 내 머릿속의 필라멘트가 툭 끊겼다. 녀석을 향해 주먹을 날린다는 게 그만 옆에 서 있던 그 애의 턱을 쳐서 목걸이를 망가뜨리고 말았다. 표정 하나 흐트러지지 않은 채 목걸이를 주워 들고 돌아서는 그 애에게 끝내 미안하다는 말은 하지 못했다. 그다음 날부터 벌써 일주일째 그 애가 학교에 오지 않았다. 교실이 텅 빈 것 같아 허전하고 걱정도 되었지만 내색할 수는 없다. 아이들은 성스러운 그녀에게 린치를 가했으니 그 애가 학교에 오는 날이 곧 내 장례를 치르는 날이 될 거라고 입방아를 찧어 댔다. 어쨌거나 그 일로 아이들 사이에서 내가 더 비참해진 것은 두말할 것도 없었다.

그 모든 치욕과 환란으로부터 나를 구원해 준 사람은 옆방에 사는 창희 누나였다. 우리가 이사 오기 전까지는 회사에 다녔다는데 무슨 이유인지 그만두고 문신 기술을 배운다며 엄마를 따라다녔다. 기술을 배워서 돈을 많이 벌 거라는 말을 입에 달고 살았다. 그러나 그것은 내가 여자 친구를 사귀는 것만큼이나 요원한 일이고, 어쩌면 영원히 불가능한 일일지도 모른다. 그 일을 몇 년 동안 해 온 엄마가 한 달 동안 버는 돈은 고작 우리 가족의 생계 유지비 수준이었다. 게다가 창희 누나는 시도 때도 없이 값비싼 화장품과 짝퉁 가방, 블링블링한 하이힐과 장딴지에 꽉 끼는 부츠를 사들이는 터에 카드 값 갚기도 바빴다. 또 걸핏하면, 친구들과 클럽에 다니면서 술을 마셨다. 누나의 몸에서는 담배 냄새와 향수 냄새가 뒤섞여 야릇한 향기가 났다. 바로 그 냄새가 나의 욕망을 자극했다.

술에 취해 풀린 눈으로 누나가 불쑥 방문을 열고 들어와 우리 꼬맹이 아직 안 잤쪄? 하면서 내 볼에 쪽 소리가 나게 뽀뽀를 하면 나는 석고상이 되어 버렸다. 밤새 만화책을 본 다음 날 쌍코피가 터졌는데 마침 옆에 있던 누나가 내 머리를 안고 휴지로 코를 막아 주었다. 누나의 손이 내 머리에 닿는 순간 몸이 나른해졌다. 나는 코피가 그치지 않기를 바라면서 누나가 어떤 팬티를 입었을까 상상했다. 가까이서 보니까 더 잘생겼네. 그 말은 그때까지 들어 온 말 중에서 가장 기분

좋은 말이었다. 이성으로부터 처음 들어 본 말이기도 했다. 그날 이후 누나는 성장기 영양 공급을 핑계로 우유나 과자 부스러기를 들고 내 방에 자주 들어왔다. 고마운 코피! 이따금 누나의 친구들이 찾아오기도 했는데 그녀들은 담배를 피우고 짝짝 소리를 내며 껌을 씹었다. 하나같이 가슴골이 드러나는 티셔츠를 입고 가짜 속눈썹을 붙이거나 아이라인과 마스카라를 떡칠했다. 엄마는 귀신도 도망칠 날라리들이라며 질색했지만 나는 누나들이 싫지 않았다. 그녀들은 나를 아주 귀여워해 주었을 뿐만 아니라 키스할 때 혀를 어떻게 해야 하는지도 알려주었다.

그때까지만 해도 나는 누나에게 엉뚱한 생각을 품지는 않았다. 그런데 운명처럼 그 일이 찾아왔다. 누나에게 빌린 만화책을 돌려주러 갔는데 마침 누나가 샤워를 하고 있었다. 유리문에 비친 실루엣을 본 것에 불과하지만 상상이라는 게 더 적나라한 법이었다. 너, 한 번만 더 그랬다가는 죽을 줄 알아! 누나가 성난 고양이처럼 크릉댔고 나는 만화책을 손에 쥔 채 도망치듯 방을 나왔다. 그 후 누나는 아무 일도 없었던 것처럼 나를 대했지만 나는 방금 쪄 낸 호빵처럼 봉긋한 누나의 가슴이 떠올라 얼굴이 홧홧 달아올랐다. 매일 밤 누나의 몽실한 가슴에 안겨 잠드는 고양이 인형이 되고 싶었다. 아니다, 아니다 하면서도 밤마다 벌거벗은 누나를 생각하면서 번데기를 주물럭거리게 되었다. 그때만큼은 번데기마저도 사랑스러웠다. 그렇다. 욕망이란 한번 시작되면 멈출 수 없는 것이다.

"꼬맹이 일찍 왔네. 시험 기간이랬지?"

꼬맹이라는 말에 살짝 자존심이 상하기도 했고 누나와 대면하는 것이 머쓱해서 나는 얼른 돌아섰다.

"시험 끝나는 날 그거 해 줄까? 엄마 관광 가신다던데."

뭘 해 준다는 거지? 설마, 고래는 아니겠지? 그럼 뭔가?

"네가 무슨 생각하고 있는지 다 알아. 대신, 엄마한테는 비밀이다. 안 그러면 우리 둘 다 끝장이니까."

엄마한테 들키면 끝장날 비밀이라면, 혹시 키스? 누나도 나랑 키스를 하고 싶었다는 것인가. 꿈에라도 생각지 못한 것이지만 꿈에서도 바라던 바였다. 하지만 막상 누나가 이렇게 나오니까 두려움이 앞섰다.

"왜, 싫어?"

혹시나 했는데, 이제 모든 것이 확실해졌다. 누나도 역시 그걸 생각하고 있었던 것이다.

"아아니, 저……."

"오케이. 그럼 그렇게 알고 있을 테니까 혹시라도 마음 바뀌면 말해."

도깨비에게라도 홀린 기분이었다. 차마 상상도 못 한 일이었는데, 내가 더 이상 코흘리개 소년이 아니라는 것을 누나도 인정한 거였다. 나도 이 일을 약진의 발판으로 삼아 내 남성의 미래를 공고히 해야 하리.

하지만 시간이 흐를수록 겁도 나고 마음의 갈피를 잡을 수가 없었다.

굴러 들어온 복을 걷어차다니, 바보 아냐? 수학여행 때의 굴욕을 벌써 잊었냐고?

그래, 죽이 되든 밥이 되든 부딪쳐 보는 거다.

그러나 넘어야 할 산은 또 있었다. 나는 처음이라지만 누나는 처음이 아닐 거였다. 무턱대고 들이댔다가는 첫 키스가 마지막이 될지도 모른다. 그래도 명색이 남자인데 분위기는 내가 잡아야 할 것 아닌가. 스리슬쩍 손이라도 잡으려면 문제는 타이밍이었다. 이제 와서 고수들을 찾아가 조언을 구하자니 자존심이 허락하지 않고, 난감할 따름이었다.

뜻이 있는 곳에 길이 있다더니, 백문이 불여일견! 영화와 드라마 속에는 키스의 정석들이 얼마나 많던가. 콜라를 뒤집어쓰고 하는 콜라 키스에서부터 숟가락을 사이에 두고 하는 숟가락 키스, 거품 키스, 사탕 키스, 하물며 계단 키스까지 키스의 종류는 넘쳐났다. 시험 기간 내내 나는 케이블 방송에서 드라마와 영화를 돌려 보며 키스의 기술을 익히고 연마했다. 내친 김에 엄마의 주민 등록 번호를 도용해서 야동까지 마스터했다. 그야말로 야리야리동동! 덕분에 성적은 바닥을 쳤다. 지금 그깟 성적 따위가 다 무언가. 시험이야 또 볼 것이고 다음에 만회하면 될 거였다. 이런 날을 위해 스케일링이라도 해 두는 건데. 아쉽지만 지금으로서는 양치질만이 대안이었다. 삼삼삼 법칙 준수!

고난과 갈등 속에서도 드디어 결전의 날은 오고야 말았다. 눈을 감아도 눈을 떠도 내 머릿속에는 누나의 입술뿐이었다. 손에 땀이 배고 다리는 연방 후들거렸다. 머리를 감고 이를 닦으면서도 가슴은 계속

울렁거렸다.

"누워 봐."

거사를 도모하기에는 너무 이른 시간인 데다 밖이 너무 환했다.

커튼이라도 쳐야 하지 않을까.

아니, 기왕 하는 건데 꼭 어두울 필요도 없지.

마치 이 순간을 위해 여태 살아온 것만 같았다. 누나의 숨소리가 제법 크게 들려왔다.

"처음이라 그런지 은근 긴장되네."

거짓말!

"선이 굵어서 조금만 해도 되겠다. 따가워도 참아."

참을 수 있다 뿐인가. 사나이 역사를 새로 쓰는 순간인데.

"남자는 뭐니 뭐니 해도 눈썹이 생명이야."

이건 또 무슨 말이지?

누나가 뜸을 들이는 것도 그렇고, 왠지 느낌이 이상했다. 눈을 떠서는 안 된다는 생각을 하는데도 눈이 절로 떠졌다. 눈을 뜨는 순간, 입이 쩍 벌어졌다. 엄마가 일 나갈 때 쓰는 가방과 도구들이 펼쳐져 있었다.

수학여행 때와는 또 다른 모멸감, 완패당한 기분이었다. 누나가 밉고 얼굴도 보기 싫었다. 학교에서 돌아오면 방 안에 틀어박혔다. 누나도 무슨 일이 있는지 매일 늦게 들어와서 서로 마주치는 일이 없었다. 그렇게 닷새가 지났다.

현관으로 들어서는데 오늘따라 집 안 공기가 이상했다. 아니나 다를

주차

까, 누나의 방에서 낯선 남자 목소리가 흘러나왔다. 아니, 연이어 들리는 고양이 울음소리의 주인공은 누나였다. 나는 안절부절못하고 누나 방 앞을 서성거렸다.

갑자기 방문이 열리고 누나의 목소리가 들렸다.

"꼬맹이 왔구나?"

내 기분은 안중에도 없는 듯 실실 웃기까지 하는 누나가 야속했다. 누나 보아란 듯이 가방을 팽개치고 현관을 뛰쳐나오는데 하필 계단을 헛디뎌 넘어질 뻔했다.

"덜렁대기는. 참, 성모님은 학교에 왕림하셨니?"

"……."

"근데 하필이면 성모님이냐? 성모님은 니가 좋아하는 거 알기나 해? 짝사랑 그거 잘못하면 골병드는데……."

순간, 둔중한 것으로 얻어맞은 것처럼 머리가 짜르르했다. 성모 마리아, 제발 학교 좀 와라! 네가 없으니까 학교 다닐 맛이 안 나잖아. 연습장에 낙서한 걸 누나가 본 게 틀림없었다. 속에서 열이 뻗쳐오르고 얼굴이 후끈거렸다. 누구든 그 애와 나를 연관시켜 입에 올리면서 비웃는 건 참기 어려웠다. 또한, 오래도록 물 밑에 가라앉아 있던 것이 돌연 수면 위로 떠올랐을 때의 당혹감이라고 할까. 머릿속이 뒤죽박죽이었다. 담벼락을 발로 차 보아도 끓어오른 속은 좀체 가라앉지 않았다. 눈에 뭐가 들어간 것처럼 눈을 바로 뜰 수도 없었다. 내 삶이 걷잡을 수 없이 먼 곳으로 흘러가 버릴 것 같은 느낌, 무엇보다 그것이 아주 오래 계속될 거라는 두려움과 불안이 나를 휘감아 왔다.

예상은 했지만 생각보다 빨리, 누나를 찾아왔던 남자가 누나 방에 눌러앉아 버렸다. 나는 학교에서 돌아오면 매일 가방만 던져 놓고 집을 나왔다. 지금이라도 그 남자가 사라져 주기만 하면 누나를 용서할 수 있을 것 같았다. 아니, 할 수만 있다면 아무 일도 일어나지 않았던 때로 돌아가고 싶었다.

노는 토요일이라 늘어지게 잠이나 자려고 했는데 다른 날보다 눈이 일찍 떠졌다. 내용도 없고 의미도 모르겠는 꿈들이 잠을 방해했다. 아침부터 날씨가 꾸물꾸물해서인지 아무것도 손에 잡히지 않았다. 오후에 접어들면서 바람까지 불어 우울한 마음을 부추겼다. 무작정 집을 나와 하염없이 걷다가 레코드 가게 앞을 지나쳤다. 'kiss and say goodbye' 걸음을 멈추고 음악에 사로잡혀 있는데 누군가 내 팔짱을 끼었다.

뜻밖에도 동정녀 마리아였다. 나는 놀라움을 감추려고 애썼지만 얼굴에 다 드러났을 게 뻔했다. 일부러 딴청을 부리는데도 그 애는 나를 놓아주지 않았다.

"너랑 같이 가고 싶은 데가 있어."

그 애의 눈에 간절함이 배어 있었다. 그 눈빛을 차마 거절할 수가 없었다.

"그, 그러지 뭐."

"뭐 안 좋은 일이라도 있어?"

"아, 아니."

"네 얼굴에 쓰여 있는데?"

"아무것도 아니라니까."

"너, 차였구나?"

"차이긴, 내가 언제……."

나도 모르게 말을 더듬고 있었다. 누나와의 일을 그렇게 말할 수 있을까. 하지만 그 단어가 내 안에 잠들어 있는 무언가를 깨어나게 했다. 하필 이럴 때 나타난 그 애가 원망스럽고, 무엇보다 그 애를 똑바로 쳐다볼 수가 없었다.

내가 왜 이러지? 이 혼란스러움의 정체는 뭔가?

아니, 나는 내 마음의 밑바닥에 있는 것이 무엇인지 알고 있었다. 그것이 어디서 비롯된 것인지도.

"그럼 왜 그래?"

"내가 뭘?"

"기분 나빴다면, 미안해."

네가 내 마음을 알기나 하냐?

내 안의 내가 그 애에게 반박했다. 그 애와 더 이상 아무 말도 하고 싶지 않았다. 그렇다. 다른 사람이라면 몰라도 그 애와 이런 이야기를 하는 것을 받아들일 수 없는 것이다. 거기에는 누나에게 받은 상처와는 다른 무언가가 있었다.

눈앞의 것들이 흐리마리하고 땅이 점점 꺼지는 느낌, 어둡고 낯선 길을 혼자서 걸어가야 할 것 같은 막막함. 대책 없는 쓸쓸함이 엄습했다. 금방 비가 쏟아질 것처럼 하늘도 시커메졌다. 그 애와 더 있다가는 내면의 무언가를 들켜 버릴 것 같았다. 나는 그 애를 외면하고 걸음에 속도를 냈다.

한참 걷다 돌아보니 그 애가 그 자리에 서 있었다. 내가 되돌아가지 않으면 울음을 터뜨릴 것만 같은 표정이었다. 하는 수 없이 발길을 돌렸다.

얼마나 걸었을까. 기어이 비가 쏟아졌다. 순식간에 머리가 젖어 눈을 가렸다. 그 애의 흰색 남방이 몸에 달라붙어 몸의 곡선이 드러났다. 그 애가 몸을 떨며 웅크렸다.

"저기."

그 애가 낡은 창고 같은 곳을 가리켰다.

"아지트야. 가끔 애들이랑 춤추고 놀아."

여기서 뭘 하자는 거지?

뭐, 아무려면 어떤가. 어차피 비도 피해야 하고 잠깐 있다 가면 될 텐데.

때마침 빗발이 점점 거세졌다. 그 애를 따라 살금살금 안으로 들어갔다. 곧 실내가 환해지고 음악이 흘러나왔다. 겉에서 본 것과는 달리 안은 꽤 넓고 정돈되어 있었다. 마루판까지 깔려 있는 것을 보면 누군가 일부러 만들어 놓은 공간인 듯했다. 얼떨떨한 채 서 있는 나를 그 애가 바라보았다. 나도 그 애에게서 눈을 뗄 수가 없었다.

"전에도 넌 날 그렇게 바라봤지."

"내가?"

"……."

"그거야 뭐 네가 예뻤으니까."

나도 모르게 튀어나온 말인데 왠지 멋쩍었다. 그 애가 무슨 말인가 더 하려다 말고 잠깐만, 하더니 마루판 한가운데로 뛰어갔다. 한참 고개를 위로 향한 채 몸을 움츠리고 있었다. 언젠가도 보았던 동작, 오래된 기억의 회로에 불이 당겨졌다. 그 애가 서서히 팔을 벌리더니 음악에 맞추어 느릿느릿 몸을 움직였다. 나는 그 애의 동작을 따라 시선을 옮겼다. 그 애가 갑자기 날아오를 듯이 양팔을 벌렸다. 순간, 음악이 휘몰아치고 그 애의 몸이 공중으로 둥둥 떠올랐다.

백조!

나는 완전히 얼이 나가 버렸다. 내 눈만이 그 애가 움직이는 방향을 따라 계속 회전할 뿐이었다. 양팔을 벌리고 너울너울 날갯짓을 하는 것처럼 그 애가 나에게로 다가왔다. 팔을 뻗어 나를 이끌더니 깃털 속에 알을 품듯 그 애가 나를 안았다. 그 애의 몸은 흠뻑 젖어 있었다. 나는 그 애 손의 보드라운 감촉에 몸을 맡겼다. 달콤하면서도 알알한 기운이 온몸으로 퍼져 나갔다. 이내 등줄기가 짜릿하고 다리가 후들거렸다. 나는 그 자리에 주저앉아 버렸다.

"너한테 꼭 한번 보여 주고 싶었어."

가슴속에서 무언가 뜨거운 것이 차올랐다. 무슨 말인가 해야 할 것 같은데 아무 말도 나오지 않았다. 그 애가 내 앞으로 한 발짝 다가와 나를 일으켜 세우고는 내 이마에 흘러내린 머리칼을 뒤로 넘겨 주었다. 가느다란 엄지손가락이 내 눈썹을 어루만지고 볼을 지나 입술로 내려왔다. 내 입술은 얼어붙었다. 그 애에게서 아기 분 냄새가 났다. 그 애가 내 손을 자기 가슴에 가져다 대었다. 복숭아! 나는 그 애를 힘껏 끌어안았다. 숨이 멎을 것 같은 순간, 그 애와 나의 숨이 하나가 되었다.
감미로운 선율이 흐르고 그 애의 손이 스치는 곳마다 내 몸에서 불꽃이 일어났다. 그 애의 손이 내 배꼽에서 바지 속으로 내려올지도 모른다 생각하니 몸이 절로 움찔했다. 번데기, 내가 아직 번데기라는 것을 그 애가 확인하게 할 수는 없었다. 나는 그 애에게서 떨어지려고 했지만 이미 그 애가 나를 장악하고 있었다.
그 애가 내 이마와 볼에 키스를 했다. 나는 어지러움을 느꼈다. 그 애가 리듬에 맞춰 몸을 움직였다. 느리고 부드러운 춤, 그 움직임이 나를 몽환의 세계로 이끌고 내 몸을 계속 자라게 만들었다. 눈앞이 온통 붉은빛이었다. 나는 그 빛 속으로 빨려 들어가 영영 나오지 못할 것 같았다. 내 몸속의 불꽃들이 한데 뭉쳐 거대한 기둥을 이루며 타올랐다. 폭발 직전의 세상, 그 중심에 서 있는 것처럼 몸이 덜덜 떨렸다.
갑자기 밖이 시끌벅적했다. 핫팬츠를 입은 여자애들이 몰려오는 것이 보였다.
"춤 연습하러 오는 애들이야."
우르르 들어온 여자애들이 순식간에 일렬로 정렬해서 망아지처럼 엉덩이를 쳐들고 뛰기 시작했다. 지진이라도 난 것처럼 마룻바닥이 들썩거렸다. 하나 둘 셋 넷, 앞으로 뒤로, 위로 아래로…….
밖으로 나오는 내내 내 몸은 공중을 부유했다. 우리를 따라오던 경쾌한 음악 소리가 멎었을 즈음 그 애가 걸음을 멈췄다.
"그땐 정말 고마웠어. 네가 날 바라봐 주지 않았더라면……."
그 애가 말끝을 흐리면서 돌아섰다. 나는 그 말의 의미를 알아채지 못했다. 아니, 모르는 척하고 싶었다. 그 애가 왜 투구를 써야 했는지 알면서도 모르는 척해 왔듯. 이런 내 마음조차 그 애가 모르기를 바랐다.

침묵이 흐르는 동안 이상하게 시간이 빨리 흐르는 것 같았다. 조바심을 떨쳐 내기 위해 애먼 땅만 발로 차 댔다. 마음 깊은 곳에서는 그 애에게 빨리 무언가 말하라고 지시했지만 차마 입이 떨어지지 않았다.

얼마나 시간이 흘렀을까. 더 이상 미루어서는 안 될 것 같아 고개를 들었을 때 그 애도 나처럼 고개를 숙인 채 발로 땅을 차고 있었다.

지금이야, 지금 붙잡지 않으면 멀리 가 버리고 말 거야.

"내일 학교에 올 거니?"

사귀자, 는 말을 하고 싶었는데 엉뚱한 말이 튀어나왔다.

"유학 수속 중이야."

그 애가 내 눈을 뚫어지게 바라보고는 돌아섰다. 그 애를 붙잡아야 한다고 생각하면서도 나는 꼼짝 못 하고 그 자리에 붙박여 있었다. 그 애가 걸음을 멈추고 뒤돌아보았다.

"널 잊지 못할 거야."

그 애의 목소리가 성당의 종소리처럼 울려 퍼졌다. 그 여운이 나를 그 애에게로 달리게 했다.

"물에 빠지지 않으려고 버둥거리는 백조 말이야, 그게 나였어. 그런데 네가 나를 견디게 해 주었어."

"……."

"네가 나를 바라봐 준 그 순간부터 너는 줄곧 내 마음속에 있었으니까."

비로소 나는 그 애가 나에게 고맙다고 한 말을 받아들여야 한다는 것을 깨달았다. 그래야만 그 애의 마음도 받을 수 있을 거였다. 그 애에게 손을 내밀어야 하는데 눈시울이 뜨거워졌다.

초등학교 시절 나는 그 애의 춤추는 모습을 보려고 틈만 나면 강당 창문에 매달렸다. 춤을 추는 여러 명의 아이들 중에서도 그 애는 단연 돋보였다. 콩쿠르를 앞둔 날, 밤늦게까지 창문에 매달려 시간 가는 줄도 몰랐다. 어둠이 내리고, 다른 아이들이 다 돌아가고 난 후에도 그 애는 남아 있었다. 주인공이니까 연습을 더 하려나 보다 하고 돌아섰다. 집으로 가는데 무언가 자꾸 뒤통수를 잡아당기는 느낌이었다. 되돌아가서 다시 창문에 매달렸는데 그 애가 코치의 품에 안겨 있었다. 나와 눈이 마주쳤을 때 그 애는 공포에 떨고 있었다. 그 순간 나는 창문을 떠나서는 안 된다는 것을 직감했다. 어느 순간 코치의 매서운 눈빛이 날아왔고, 곧이어 그의 발이 내 옆구리와 허벅지, 정강이로 사정없이 파고들었다. 이상한 것은 맞으면서도 아픈 줄을 몰랐다는 것이다. 그 애를 위해서라면 다리 하나쯤 부러져도 상관없을 것 같았다. 그 애가 멀리서 나를 바라보고 있다는 걸 알았을 때는 일어설 수도 없을 지경이었다.

예리한 파편이 가슴을 저미는 통증이 왔다. 이전까지 한 번도 느껴보지 못한 감정이었다. 아니, 그것은 그 애를 처음 바라보았던 순간부터 내 안에 자리 잡은 것이었다. 통증이 온몸으로 퍼져 나가는 동안 나는 그 애를 다시 보지 못할 거라는 사실을 알게 되었다. 그리고 내 몸이 훌쩍 커 버렸다는 것을 느낄 수 있었다.

그새 빗줄기는 가늘어졌다. 톡톡톡 빗방울이 이마에 부딪쳤다 미끄러져 내렸다. 나는 주먹을 불끈 쥐고 앞을 향해 달렸다.

김혜정

소설을 쓰지 않았다면 무엇을 하고 있을까 이따금 생각합니다. 이 산 저 강 떠돌며 노래를 하고 있겠다 싶지요. 소설가와 떠돌이 가수, 둘 사이는 먼 듯 가깝습니다. 소설가는 엉덩이가 무거워야 하고 떠돌이 가수는 엉덩이가 가벼워야 하는데, 둘 다 거기에 미치지 않으면 할 수 없는 것이니까요.
어찌된 운명인지 지금은 소설을 쓰면서 아이들과 부대끼며 살고 있습니다. 제 안의 소설과 아이들이 만나 서로 물들고 터지는 숨이며 빛, 참 찬란합니다.
소설집으로 『복어가 배를 부풀리는 까닭은』『바람의 집』『달의 문』『수상한 이웃』이 있으며, 장편소설 『독립명랑소녀』로 '2010년 한국간행물위원회 우수 청소년 저작상'을 받았습니다.

읽고나서

1. '창희 누나'에 대한 나의 성(性)적인 태도에 대해 어떻게 생각하나요? 왜 그렇게 생각하는지 이유도 함께 써 봅시다.

의견	이유
이해할 수 있다.	
이해할 수 없다.	

2. '그 애'가 나에게 보여준 행동으로 미루어 그 애에게 '나'는 어떤 존재였는지 생각해 봅시다.

3. '나'가 창희 누나와 '그 애'를 대하는 감정적인 차이점은 무엇인지 정리해 봅시다.

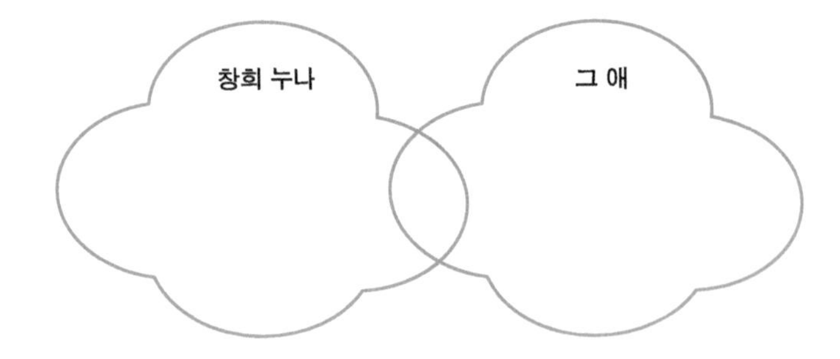

4. 나는 '성'에 대해 얼마나 알고 있나요? 다음 질문에 O, X로 답해 봅시다.

• 남자의 성충동은 자제가 불가능하다.

• 보통 십 대에는 여자보다 남자가 성욕이 더 강하다

• 성충동이 일어나고 발기를 한 남성이 성관계나 자위를 통해서 사정하지 않으면 몸에 해롭다.

• 상대방에게 성관계를 요구했을 때 'No'라고 말하면 나를 좋아하지 않는다는 것을 뜻한다.

• 자위는 남녀 모두 성적 욕구를 해결하는 자연스런 방법이다.

• 성매매는 남녀 간의 평등한 거래이다

• 남자들은 야한 생각을 할 때만 발기가 된다.

• 모든 여자는 첫 성관계 시 피가 나온다.

• 에이즈는 동성애자들만 걸린다.

• 성병을 치료하지 않으면 자궁과 고환까지 병균이 옮아가서 아이를 낳을 수 없게 되기도 한다.

5. 다음은 성 관련 책이나 상담 사이트에 있는 질문과 대답을 옮겨온 것입니다. 성적인 고민이나 갈등을 질문 형식으로 써 본 다음 그 대답을 여러분 스스로 해 봅시다.

Q 중3 남학생입니다. 전 스무 살 넘어서 그걸 하고 싶은데 애들은 저를 찌질이라고 놀려요. 제가 비정상인가요?

A 또래들과 다른 자신의 생각이 비정상이 아닐까 고민이군요. 그런데 '그거'는 무엇을 의미하는 건가요? 추측해 보건대 성관계가 아닐까 싶어요. 성관계는 언제쯤 해야 좋을까요? 친구는 스무 살이 넘어서 성관계하는 것이 좋겠다고 자신의 성행동에 대한 생각을 스스로 정리하고 있군요.

성관계를 하기에 적절한 시기를 판단할 수 있는 사람은 자기 자신밖에 없어요. 개인이 성행동을 결정할 때 영향을 주는 것들은 내가 살고 있는 사회의 성 행동에 대한 허용 정도, 종교가 있다면 종교적 신념, 가족이나 선생님, 친구들 등 주변 사람들의 경험이나 메시지 등이 있답니다.

성관계를 어떤 순간에 누구와 '할 것인지, 안 할 것인지'는 위의 정보들을 바탕으로 결정하지요. 그 결정은 오롯이 자신만이 할 수 있으며, 그 결과에 대해서도 자신이 책임지고 감당할 수 있어야 한답니다. 따라서 그 결정을 정상과 비정상으로 나눌 수는 없지요.

그런데 주변에서 만나게 되는 청소년들을 보면, 또래들의 분위기로부터 자유롭지 못한 모습을 발견하게 돼요. 특히 남자 청소년들은 성에 대해 관심이 많고 적극적인 것을 당연시하는 경향이 있지요. 그렇지 않은 생각을 표현했을 때 '바보', '찌질이', '고자' 라고 치부하기도 하죠.

그러나 자신만의 생각을 갖고 당당하게 표현하면서 주변의 압력에 휩쓸리지 않았으면 좋겠어요. 자신의 생각을 버리고 살아간다면 진정한 내 삶의 주인이 될 수 없겠죠. 당당하고 행복한 성을 누릴 수 있는 열쇠는 다른 사람이 아닌 자신에게 있기 때문입니다.

〈아하! 서울시립청소년성문화센터〉 쪽지 상담 중에서

6. 다음 시 속에서 말하는 이는 비 오는 날 어떤 일을 겪었나요? 또 어떤 감정을 느꼈나요? 여러분도 이와 비슷한 경험이 있다면 그때의 느낌을 글로 써 봅시다.

챙, 하면 떠오르는 빗소리
빗소리와 빗소리가
부딪히는 양철 지붕 끝
처마에 챙을 단 집이 있었다
집 안을 가리고 남은 여분이 살짝
대문 밖으로 뻗어 나와 만든 품,
하굣길에 소낙비를 만나선
급한 마음에 우당탕탕 그 속을 비집고 든 적이 있는데
책가방 머리에 쓰고 뛰어든 그 속엔 마침
여고생이 된 옆집 누나가 새치름
비를 긋고 있었던가, 젖은 누나의
교복 위로 스멀스멀 피어오르던 김과
마악 잔털이 돋기 시작한 내 겨드랑에서 빠져나온 김이
우리들 허락도 없이 마구 휘감겨 들던 챙
더운 살냄새와 살냄새가 뭉클뭉클 살을 비벼대던 챙
처마 끝을 따라 뭉긋이 흘러내려 깊어진 마음의 기울기
챙, 하면 아찔하게 후들거리는 빗줄기
은빛 스틱이 치는 양철북 소리

손택수, 「챙」

((**
비틀린
소나무는
흔들리지않는다
- 손현주
»

◦◦ 읽기 전에

탐 설리반이라는 미국의 시각장애 사업가의 인생을 바꿔 놓은 것은 단 세 단어였다고 합니다. 어린 시절, 혼자 놀고 있는 그에게 옆집 아이가 다가와 "같이 놀래?"(Want to play?)라고 물었는데, 이 말을 통해 자신도 다른 사람들과 똑같은 인간이라는 위안과 용기를 얻게 되었다는 거예요. 우리는 흔히 장애인을 '비정상적이고 불완전한' 사람, 그래서 불쌍하다거나 보살펴야 한다는 편견을 가지고 있습니다. 그러나 그들은 '비정상적인 사람'이 아니라 남과 다른 특징을 지닌 사람일 뿐입니다. 그들도 슬픔과 기쁨의 정서로 충만하며, 사랑의 열병을 앓고, 각자 능력에 맞는 일을 하고 싶어합니다. '좀 다른 특징을 가진' 정상인인 것이지요.

이 소설은 근육무력증으로 온종일 누워 지내는 열일곱 장애인 친구 이야기입니다. 가족과 헤어져 홀로 시설에서 지내는 '명진'의 삶을 지탱해주는 희망은 무엇일까요? 시집을 출간하고 다른 이들에게 위로를 주기도 하지만 정작 자신은 어디서 위로를 받으며 살아야 할지 혼란스러워하는 그에게 어떤 말을 해줘야 할까요? 주인공의 입장이 되어 소설을 읽어 봅시다.

◇◇◇

톡톡톡…… 벌써 두 시간 째다, 입술 주변이 마비 증세가 오는 게. 이제 겨우 시 하나를 끝내 가고 있다. 마우스 스틱을 입에 물고 키보드를 누르며 글자를 쓰려면 목이 자라목처럼 되어 통증이 온다. 자음과 모음의 자판을 두드리며 하나의 단어를 완성시키는 것조차 내게는 버거운 일이다. 목 근육이 묵지근한 게 고개조차 들 수 없다. 이경에게 내가 쓴 시를 보여 주려면 부지런히 입을 움직여야 한다. 이경이가 내 시를 보면 뭐라고 할까? 이경은 분명히 내 시를 보고 감동 먹은 얼굴을 할 것 같다. 내가 이경에게 보여 줄 수 있는 거라곤 시밖에 없다. 고정된 컴퓨터에 시를 쓰는 일은 내가 하루 종일 침대에 누워서 할 수 있는 일이다. 내가 시를 쓰기 시작한 이후로 사람들은 내게 관심을 보였다. 더구나 내 시를 지도해 주기 위해 시인 선생님까지 오셔서 꼼꼼히 내 시를 봐주고 있다. 시인 선생님은 내 시를 출판사에 시집으로 낼 수 있다는 희망을 주었다. 내 시가 뭐가 그리 대단한지는 몰라도 내 시에 대한 관심을 보여 주는 게 싫지는 않다.

양건이가 나무로 만든 보호막 사이에 누워 조금 전부터 뭔가 말을 하려고 입을 오물거리는데 무슨 말인지 나는 하나도 알아들을 수 없다. 양건이는 뇌병변을 앓고 있어 말을 또렷이 하지 못한다. 더구나 몸을 움직이면 위험해 낮에는 저렇게 보호막에서 지낸다. 옆방에서 느닷

없이 아이들이 하나 둘 내게 와 알아듣지 못하는 말을 한바탕 쏟아붓고 사라진다. 모두들 알아들을 수 없는 말을 하고 있지만 해맑은 표정이다. 그들은 태어날 때부터 심각한 장애를 안고 있다 보니 모두들 부모에게 버림받은 아이들이다. 유독 체구가 작은 영준이는 자신의 이름도 나이도 모르고 이곳에 들어왔다. 시설에 와서야 겨우 자신의 나이와 이름을 얻게 된 아이다.

난 시설에 입소한 지 벌써 8년째다. 근육무력증이란 병을 앓고 있는 나는 처음에는 기어 다니거나 앉아서 움직일 수 있었으나 증세가 점점 심해지면서 지금은 거의 몸을 움직일 수 없다. 손이 굳지 않았을 때만 해도 그림도 제법 그렸다. 언제나 가난 때문에 골방에 갇혀 지내던 내게 바깥나들이는 꿈같은 일이었다. 바닥에 등을 대고 뒹굴어야만 했고 학교에도 갈 수 없어 혼자서 어린이용 텔레비전 프로그램을 보며 글을 깨쳤다. 나는 하루 종일 뒤틀린 소나무 모양으로 뒹굴며 지내는 게 일과였다. 태어나서 단 한 번도 두 발로 일어서 걸어 본 일이 없었다. 부모님은 두 가지 일을 하면서 병원비를 댔지만 턱도 없이 부족했다. 다른 아이들에게는 일상적인 잔병치레가 내게는 응급실을 가야만 하는 위급한 일이었다. 엄마는 궁리 끝에 대통령에게 편지를 썼다. 엄마는 대통령에게 장애아를 데리고 있는 가족의 무게를 글에 조목조목 다 드러냈다. 편지의 일부에 이런 말이 있었다.

'우리는 이 애를 시설에 보내지 않으려고요. 온종일 의자에 앉아 있는 그런 곳에는 보낼 생각이 없습니다. 그래서 제 아들은 아직도 집에 있습니다. 많은 병원비를 지불하기 위해 우리는 지하 방으로 내려왔습

니다. 더 이상 우리는 갈 곳도 없습니다.'

이런 내용의 편지였다. 대통령께서 이 편지를 보았을지는 의문이지만 아무래도 보지 못한 것 같다. 왜냐하면 엄마는 그렇게 보내고 싶지 않다던 시설로 나를 결국 보낼 수밖에 없었으니까. 당시 엄마의 건강이 좋지 않았다. 두 살 아래 동생까지 봐주어야 하는 엄마는 혈압이 높아 자주 쓰러지곤 했다. 엄마는 나이보다 훨씬 늙어 보였고 몸은 점점 야위어만 갔다.

부모님은 가끔 명절 때 이곳에 들르시곤 한다. 그럴 땐 이상하게 울지 않으려고 애를 써 보는데 소용이 없다. 엄마의 얼굴이 내 눈앞에 보이면 나는 다시 부모님과 헤어진 그날로 돌아가는 기분이다. 사실 집에 가고 싶은 마음이 앞서는 건 사실이지만 그것보다 엄마가 날 보는 눈동자가 더 안쓰러워 어느 땐 나도 모르게 벌떡 일어서 걷는 것을 보여 주고 싶었다. 그래서 온몸에 힘을 주어 안간힘을 써 볼 때가 있지만 몸은 바위처럼 꿈쩍도 하지 않았다. 대신 마음만은 돌처럼 딱딱해지지 않고 숨을 쉴 수 없을 정도로 뻐근해 오는 걸 느낀다. 나 때문에 가족이 벼랑 끝으로 몰린 것 같아 언제나 미안했다. 그런 내 마음을 아는지 엄마는 나만 보면 손을 꼬옥 잡고 연신 미안하다는 말을 자주 했다. 내가 제일 듣기 싫은 미안해라는 말. 그럴 때면 엄마의 눈시울이 뜨거워지는 걸 난 절대 보지 않으려고 고개를 반대쪽으로 돌리곤 했다.

오후에 교회에서 봉사 활동을 왔다. 토요일마다 학생회에서 목사님과 함께 온다. 그 틈 사이로 이경의 얼굴도 보인다. 이경의 얼굴을 보자 나도 모르게 배시시 입이 벌어진다. 목사님은 먼저 예배를 주관하시고 학생들의 찬송과 율동이 무거웠던 시설의 분위기를 경쾌하게 띄운다. 찬송이 끝나자 목사님의 말씀이 잠깐 이어졌다.

"이 세상에서 겪는 멸시와 고통 천대는 모두 하나님 나라로 가면 평강과 사랑으로 변해 천국 기쁨을 느낄 것입니다. 하나님께서 여러분을 사랑하사 뜻을 이루려는 목적으로 선택하신 겁니다. 세상 사람을 부끄럽게 여기게 하시고 하나님 나라 천국이 가까이 있다는 것을 알게 하시려고요."

거짓말. 목사님의 입에서 나오는 말은 모두가 거짓 위로같이 느껴져 설교를 들을 때마다 화가 났다. 날 사랑해서 선택했고 뜻을 이루는 목적이라는 말에 반발심이 생겼다. 왜 나를 너무 사랑하셨냐구요? 누가 선택받고 싶다고 했어요? 누군가를 부끄럽게 하는 건 더더욱 싫어요. 왜 하필 나냐구요, 왜요? 난 예배를 보는 내내 기도가 아닌 반항을 했다. 내 몸이 이렇게 된 것에 대한 항의다. 그런다고 하나님은 내 반항기에 대꾸할 신이 아니다. 그런데 목사님이 내 마음을 꿰뚫어 본 것처럼 어느새 내게 다가왔다. 나를 위한 기도를 해 준다며 내 손을 잡는다.

"저 기도 받기 싫어요."

목사님은 의외의 반응에 놀랐는지 눈을 크게 떴다.

"왜에?"

"전 신을 믿지 않거든요. 신이 있다면 우리를 벌떡 일어나게 했어야죠. 신은 우리 편이 아니에요. 건강한 육체를 가진 사람에게 더 많은 축복을 주잖아요. 우리에게는 하나님이 뭘 주셨어요? 제 손으로 용변

하나 볼 수 없는 사람의 마음을 신이 아냐구요?"

나는 갑자기 격렬하게 소리를 질렀다. 마음 안의 분노가 갑자기 입을 통해 쏟아졌다. 가만히 듣고 계시던 목사님은 나직한 목소리로 내게 말을 했다.

"듣고 보니 명진이 말도 일리가 있구나. 신은 네 편이 아니라는데 그러고 보니 하나님은 퍽이나 이기적이네. 나로서는 네게 보이지 않는 신의 뜻을 제대로 전달해 주지 못해 미안할 뿐이야. 내가 나중에 하나님을 만나면 꼭 물어보마. 하지만 네 맘에 있는 분노만은 꼭 풀었으면 좋겠다. 분명히 너로 인해 위안을 얻는 사람들이 많을 거야."

난 그 말에 또 화가 났다. 내가 단지 남의 위안이나 주려고 이 세상에 온 거란 말인가. 이건 너무 말이 안 된다.

예배가 끝나고 학생들이 준비해 온 떡과 주스를 장애인들의 입에 정성스레 넣어 주었다. 이경이가 내게 다가왔다.

"잘 있었니?"

난 이경과 먼저 눈 맞추는 게 싫어 침대 바닥에 왼쪽 뺨을 붙이고선 키보드에 글자 하나를 만드는 척했다.

"명진아!"

이경이가 다시 한 번 내 이름을 부르자 나는 그제야 눈을 들어 이경을 마주 본다.

이경의 연노란 물방울무늬 원피스가 눈이 부시다. 이경의 가느다란 두 팔과 하얀 이가 유난히 눈에 또렷이 들어온다. 이경이를 처음 봤을 때 나는 작은 충격을 받았다.

"뭘 좋아해요?"

이경이가 나를 처음 본 순간 했던 질문이었다.

내가 제일 듣기 싫어하는 질문을 피해 갔던 이경이다. "도와줄까요?"라는 식상한 말이 아니었다. 모두들 나만 보면 똑같이 하는 질문이다. 하지만 이경이는 내게 뭘 좋아하냐고 물었다. 나도 뭔가를 좋아하기도 하고 관심이 있는 존재로 봐 주었다는 게 고마웠다. 사람들은 모두 내가 도움만 필요로 할 거란 생각을 한다. 나도 생각이라는 게 있는 놈이라는 걸 모른다. 그저 석고처럼 굳어 버린 내 몸에 대한 동정심 때문에 영혼 따위는 없는 줄 안다. 하지만 그녀는 달랐다.

"취미가 뭐예요?"

"별건 아니고 시를 좀 써요."

"정말요? 와 대단하다."

그녀는 감탄을 했다. 내가 시를 쓴다는 사실에 약간 놀랐던 것 같다.

"아직은 멀었어요. 잘 쓰면 시집도 낼 수 있대요."

"그럼 정말 시인 되는 거네요."

그녀는 환히 웃으며 나를 시인처럼 대했다.

그 순간 어둠이 짓밟고 있던 내 주변이 환하게 밝아지는 느낌이었다. 사무치게 엄마가 그리웠던 시간들도 잊을 수 있을 것 같았다. 나는 그녀의 얼굴을 올려다보았다. 그 순간 내 심장이 빠르게 뛰는 걸 알 수 있었다. 감각이 없는 몸이 되살아나는 듯했고 몸의 세포들이 잠에서 깨어나는 듯했다. 한없이 웅크리고 있던 심장에서 쿵닥쿵닥거리는 소리가 나기 시작했다. 가슴이 두근거리는 흥분 때문에 이경을 똑바로 쳐다볼 수 없을 지경이었다. 더구나 이경과 나는 열일곱 동갑이다. 깊은 동굴에서 처음 빛이라는 걸 본 것처럼 마음이 출렁거렸다. 나는 그날부터 이경을 마음에 새겼다. 나만의 안식처가 생긴 기분이었다.

"명진아! 뭘 그렇게 생각해?"

또다시 내 이름을 부르는 이경의 목소리에 나는 파르르 떨며 그제야 안녕이라는 인사를 건넨다.

"명진아, 오늘도 시 썼어?"

나는 고개만 끄덕였다.

"어디 좀 볼까?"

"아니 나중에 시집 나오거든."

이경은 침대에 고정되어 있는 컴퓨터에 있는 시를 보려고 기웃거렸다. 나중에 정말 시집으로 나온다면 책으로 선물하고 싶었다. 이경의 상체가 내 얼굴에 닿았다. 쌉싸래한 이 냄새는 비누 내음 같았다. 이경이의 냄새가 분명했다. 아…… 냄새 좋다. 하나 둘 셋 나는 마음속으로 숫자를 세어 본다.

이경이가 봉사 온 지 벌써 3개월이다. 이경이가 온 뒤 내게 생긴 큰 변화라면 거울 보는 버릇이 생긴 것이다. 고철 덩어리 같은 몸이지만 고개만 돌리면 거울은 볼 수 있다. 침대 옆머리에 나를 돌봐주는 하우스 마더가 작은 거울을 달아 주었다. 거울을 보면서 내 얼굴이 참 잘생겼다는 착각에 종종 빠질 때가 있다. 이 정도 얼굴이면 봉사 오는 남학생들에게 꿀릴 것도 없었다.

"명진아, 지난번에 주었던 그리스 신화 봤니?"

"봤어."

이경이가 지난주에 읽으라고 주었던 책이다.

"그 책에서 인상적인 신이 있었니?"

"아틀라스의 딸들 얘기가 있었는데 그중 막내딸의 운명이 너무 안됐더라."

"그래? 난 기억이 안 나는데……."

"여섯 명의 딸들은 모두 플레이아데스 성좌에 머물며 모든 신들에게 사랑을 듬뿍 받는데 유독 막내딸인 메로페만 죽음의 신과 결혼하잖아. 여섯 명의 딸들은 플레이아데스 성좌에서 밝은 빛을 내는데 메로페만은 먼지에 가려 보이지 않는 먼 행성에 있게 되는 게 마음이 아팠어."

"메로페의 운명이 안됐구나."

"메로페를 보면서 이 시설에 있는 친구들이 생각났어."

"왜에?"

"몸이 건강한 사람들은 플레이아데스 성좌에 있는 것처럼 누구나 쉽게 볼 수 있지만 장애인들은 메로페처럼 망원경이나 적외선 같은 걸로 보지 않으면 절대 보이지 않잖아."

"너무 그렇게 비관적으로 생각하지 마. 육체가 건강해도 정신이 병들어 있는 사람도 많아."

"그래도 난 정신이 병든 게 더 부러워."

이경은 언제나 누워 있는 내게 말벗 노릇을 몇 개월간 잘해 주었다. 가끔 책도 가져다주고 손수 만든 간식도 가져와 내 입에 넣어 주곤 했다. 이경은 꼭 내 여자 친구라도 된 듯한 느낌이었다.
"이경아."
"왜?"
"매주 여기 오는 거 힘들지?"
"봉사하러 오는 건데 힘들게 뭐 있어."
"어, 봉사…… 그렇구나!"
난 봉사라는 말에 내심 서운했다. 빈말이라도 너 보고 싶어서 오잖아. 이런 말을 기대했었다.
"아…… 아냐 꼭 그런 건."
이경은 내가 서운해한다는 걸 바로 눈치챘는지 말을 더듬으며 당황해했다. 난 이경이가 어떤 이유든 상관없이 계속 여길 와 주기만 하면 좋을 것 같다.
"명진아, 너 이렇게 누워만 있어서 힘들지?"
"아냐, 난 태어나서부터 쭉 누워만 있어서 괜찮아."
"넌 언제나 대단해. 나 같았으면 너무 힘들어 죽었을지도 몰라."
"내가 잘 견디는 것처럼 보이니?"
"그럼 아니야? 시까지 쓰잖아."
"그건 어쩔 수 없어 쓰는 건지도 몰라. 그 짓이라도 안 하면 정말 무슨 생각을 할지 모르지. 그래도 시를 쓰는 동안 내 정신은 살아 있다는 걸 증명해 주잖아."
"정말? 난 아무리 노력해도 시가 안 써지던데……."
"그건 네가 너무 행복해서 그런 거야."

"정말?"

"이경아 가자."

그때 함께 봉사 온 동준이 녀석이 이경에게 그만 가자고 재촉했다. 저 녀석은 언제 보아도 재수가 없다. 늘 이경이 곁을 맴도는 녀석이다. 주먹으로 한 대 쥐어박고 싶다. 하지만 한편으로는 동준이가 부럽다. 내가 동준이라면 얼마나 좋을까. 언젠가 꿈에서 동준이처럼 넓은 어깨와 굵은 다리 근육을 가진 날 본 적이 있었다. 나는 친구들과 게임방에도 가고 영화도 보러 갔다. 더구나 학교까지 다니는 내 모습이 정말 행복해 보였다. 일요일이 되면 이경과 함께 교회 학생부 예배도 드리는 모습에 나는 너무 기뻐 병이 다 나은 듯한 착각에 빠져 감동의 눈물까지 흘렸던 모습이 아직까지 생생하다. 꿈에서 깨어난 후 한참을 울었던 기억이 있다. 그 꿈이 현실이라면 얼마나 좋을까. 다시 꿈으로 돌아가고 싶었다. 그 꿈에서 영원히 깨고 싶지 않았다.

"명진아, 저…… 할 말이 있는데 나 이제 여기 못 올 것 같아."

"정말?"

"아까부터 그 말을 하려는데 말이 안 나와서……. 이번 해에 따야 할 봉사 점수도 다 채웠고 토요일에 학원도 다녀야 해서……."

이경이 말끝을 흐렸다.

내가 우려했던 현실이 너무 빨리 온 것 같아 갑자기 말문이 막히면서 목이 멨다. 난 이를 꽉 물고 눈물이 나오려는 걸 참았다.

"그…… 그래 그래야지. 그동안…… 와 줘서 고마워."

"나중에 다시 또 올게."

이경은 애써 웃으며 나중을 기약했지만 8년 동안 이런 말을 남기고 떠난 봉사자 중 다시 찾아 준 사람은 없었다. 이것이 마지막이라는 것쯤은 안다. 그저 나를 위로하기 위한 변명이라는 것을.

이경은 동준이와 함께 스마트폰으로 내 침대를 사이에 두고 인증샷이라며 사진을 찍었다. 나는 이경이하고만 한 장 찍고 싶었는데 동준이 눈치가 보여 그럴 수도 없었다. 나는 억지로 입을 크게 벌리며 웃었다. 그들은 사진을 찍고 그렇게 방을 휑하니 나갔다. 둘이 함께 나가는 뒷모습을 보면서 나도 모르게 눈물이 베개를 적셨다. 나도 그들을 따라나서고 싶었다. 이렇게 덩그러니 혼자 남아 있는 이 시간이 견딜 수 없이 고통스러웠다. 언제나 그들은 파파라치처럼 우르르 몰려들었다가 순식간에 사라졌다. 이따금 바람은 사람의 마음을 흔들어 놓고 잡을 수도 없게 만드는지 모르겠다. 이경과 나의 거리는 수평선을 가로 질러 가도 닿을 수 없을 거라는 사실을 알지만 이내 마음은 구멍이 숭숭 뚫린 것처럼 스산하다.

호흡도 제대로 못 하는 갓난아기를 신들은 질그릇 용기에 넣어 죽음의 계곡이라고 불리는 신전 근처에 버리고 달아났다. 살 냄새를 맡은 들짐승들이 어슬렁거리며 갓 태어난 아기를 향해 달려간다. 아기는 그악스럽게 울어 댄다. 들짐승들은 먹잇감을 발견이라도 한 듯 마침내 질그릇 앞에 서서 킁킁거리며 냄새를 맡는다. 그들의 날카로운 발톱이 질그릇을 깨고 갓난아기를 발견한다. 들짐승의 입이 아기를 향해 뾰족한 이를 드러내는 순간 나는 있는 힘껏 비명을 질렀다. 악몽이다. 이경이가 간 후 노곤함이 몰려와 그대로 혼곤히 잠이 들고 말았다. 그 사이 악몽이라니, 아기가 꼭 눈앞에 있는 것처럼 아직도 생생하다. 아기는 분명히 들짐승에게 먹히고 말았을 것이다. 나는 힘겹게 겨우 눈을 떴다.

"명진아!"

하우스 마더가 어느새 내 앞에 서 있다.

"어머 이게 뭐야? 명진이 키 쓰고 옆집에 가서 소금 받아와야겠다. 깔끔한 명진이가 요에 오줌을 다 쌌네."

하우스 마더가 깔깔거리며 이불을 들췄다.

뭔가 바지 아래가 축축해진 느낌이 있었는데 결국 일을 저질렀나 보다. 이경이 앞에서 내 빈약한 하체를 드러내는 게 싫어 하우스 마더가 화장실에 가자는 것도 거부했던 게 화근이었다. 결국 오줌을 침대 요에 지리고 말았다.

나는 하우스 마더에게 미안해 어쩔 줄을 몰라 했다.

"미…… 미안해요 고집 부려서요."

"명진아, 괜찮아. 맨날 깔끔 떨던 모습보다 이게 더 인간적인데?"

하우스 마더는 내 젖은 팬티를 벗기며 능청스럽게 웃었다. 하우스 마더는 웃었지만 나는 웃지 않았다. 나는 내 하체를 누군가에게 보여야 하는 매순간이 죽고 싶다.

내가 쓴 시가 책으로 출간되는 날이다. 장애인 택시가 시설 앞에 왔다. 나는 하우스 마더와 자원봉사자들의 도움을 간신히 받아 장애인 전용 택시를 타고 출판사로 향했다. 출판사에서 마련해 준 조촐한 시집 출간 파티다. 출간 파티에 가기 위해 여러 봉사자들의 도움을 받으며 움직였다.

카페 안에는 벌써 부모님이랑 봉사 단체 사람들, 출판사 관계자분들이 와 계셨다. 더구나 장애인 카페에 글을 종종 올렸더니 카페 회원들도 참석을 했다. 나는 카페 안을 두리번거렸다. 이경에게 초대장을 이메일로 보냈는데 얼굴이 보이지 않는다. 나는 이경이가 오늘만큼은 꼭 와 주었으면 하고 기대했다. 누군가 휠체어에 새로 출간된 책 한 권을 주었다. 정명진이란 이름이 표지 앞에 또렷이 보였다. 이게 내 시집이라니 믿어지지 않았다. 누군가 내가 시인이 될 거라는 말에도 나는 시큰둥했었는데 내 시가 진짜 이렇게 눈앞에 책으로 나왔다는 게 놀라웠다. 그때 흰색 접이식 지팡이를 짚으며 나이 어린 남학생이 내게 다가왔다.

"저…… 형이 시 쓰는 명진이 형이에요?

"그래 맞아."

"카페에서 형 글 보고 용기를 냈어요. 전 눈이 보이지 않아 한동안 절망했거든요. 제가 너무 쓸모없는 사람 같아서요. 근데 어느 날 형 시를 보면서 내 생각이 틀렸다는 걸 알았어요. 전 할 수 있는 게 너무 많았는데 몰랐어요. 이렇게 두 손 두 발 다 자유자재로 움직일 수 있는 게 요즘은 조금 다행이라는 생각이 들어요. 그리고 형에게 미안했어요."

학생은 자신의 솔직한 감정을 끝도 없이 주절주절 털어놨다. 내 시를 보고 삶의 태도가 바뀌었다는 말은 진심으로 들렸다. 그럼 목사님의 말대로 누군가 나를 보며 희망을 가졌다는 얘긴데 이상하게 난 하나도 기쁘지 않았다. 순간 나는 누굴 보며 위로와 희망을 가질 수 있는 것인지 여전히 의문이었다. 저 친구는 나로 인해 자신의 불행이 아무것도 아니란 사실을 깨달았다면 난 분명 영향력을 끼치는 사람인 건 맞지만 썩 개운치 않았다. 난 도대체 무엇으로 위안을 얻어야 할지 여전히 혼란스럽기만 했다.

이경은 출판 기념 파티가 끝날 때까지 나타나지 않았다. 내 무릎 위에 얌전히 놓여 있는 한 권의 시집을 손에 쥐었다. '비틀린 소나무는 흔들리지 않는다' 이 시집의 제목처럼 비틀린 내 몸을 이 한 권의 시집에 지탱하며 남은 긴 시간을 정말 위로받을 수 있을까. 정말? 이 길고 긴 지루한 시간을…….

손현주

내 마음은 아직도 발칙한 열다섯, 온갖 불온한 상상을 즐기며 어디로 튈지 모르는 공처럼 발랄해요. 길들여지지 않는 사고, 남의 인생을 탐험하고 싶어 하는 본능 충만, 다음 세상에는 작가가 아닌 배우로 태어나고 싶은 불량한 작가.
국제신춘문예로 등단했고 문학사상 신인상, 평사리 문학상, 『불량가족레시피』로 문학 동네 청소년 문학상을 수상했습니다.

읽고나서

불편해도 괜찮아

1. 명진이 유독 이경을 남다르게 생각하고 호감을 느낀 이유는 무엇일까요?

2. 명진은 몸이 불편해서 겪는 아픔을 다양한 감정으로 드러냅니다. 그 감정이 어디에서 비롯되는 것인지 써 봅시다.

감정	
미안하다	
화가 난다	
설렌다	
부끄럽다	
혼란스럽다	

3. 여러분이 명진의 친구라면, 아래와 같은 고민에 무슨 이야기를 해 줄지 편지 형식으로 써 봅시다.

저 친구는 나로 인해 자신의 불행이 아무것도 아니란 사실을 깨달았다면 난 분명 영향력을 끼치는 사람인 건 맞지만 썩 개운치 않았다. 난 도대체 무엇으로 위안을 얻어야 할지 여전히 혼란스럽기만 했다. 이경은 출판 기념 파티가 끝나가는 시간까지 나타나지 않았다. 내 무릎 위에 얌전히 놓여 있는 한 권의 시집을 손에 쥐었다. '비틀린 소나무는 흔들리지 않는다' 이 시집의 제목처럼 비틀린 내 몸을 이 한 권의 시집에 지탱하며 남은 긴 시간을 정말 위로받을 수 있을까. 정말? 이 길고 긴 지루한 시간을…….

4. 나의 부족한 점(외모, 성적 등) 때문에 상대방 앞에 나서지 못한 경험이 있나요? 있다면 그것은 '명진'이 몸이 건강한 사람에 대해서 느끼는 감정들과 어떤 차이가 있는지 생각해 봅시다.

5. 다음 글을 읽고 내 마음 속에 있는 편견에 대해 생각해 봅시다.

얼마 전 어느 잡지와 인터뷰를 했다. 최근 몇 년간 나에 대한 기사는 거의 암 환자 장영희, 투병하는 장영희에 국한되어 있어서 그냥 인간 장영희, 문학 선생 장영희에 초점을 맞춰 줄 것을 조건으로 인터뷰에 응했다. 나는 열심히 문학의 중요성, 신세대 대학생들의 경향 등을 성의껏 말했다. 그런데 오늘 우송되어 온 잡지를 보니 기사 제목이 '신체장애로 천형 같은 삶을 극복하고 일어선 이 시대 희망의 상징 장영희 교수'였다.

'천형 같은 삶?' 그 기자의 의도와는 상관없이 난 심히 불쾌했다. 어떻게 감히 남의 삶을 '천형'이라고 부르는가. 맞다. 나는 1급 신체 장애인이고, 암 투병을 한다. 그렇지만 이제껏 한 번도 내 삶이 천형이라고 생각해 본 적은 없다. 사람들은 신체장애를 갖고 살아간다는 건 너무나 끔찍하고 비참하리라고 생각하지만, 그렇지 않다. '이 없으면 잇몸으로 산다'는 말이 있듯이 나름대로의 삶의 방식에 익숙해져 그런대로 큰 불편을 느끼지 않고 살아간다. 솔직히 난 늘 내 옆을 지키는 목발을 유심히 보거나 남들이 '장애인 교수' 운운할 때에야 '아참, 내가 장애인이었지.' 하고 새삼 깨닫는다.

장애인이 '장애'인이 되는 것은 신체적 불편 때문이라기보다는 사회가 생산적 발전의 '장애'로 여겨 '장애인'으로 만들기 때문이다. 무언가를 못 해서가 아니라 못 하리라고 기대하기 때문에 그 기대에 부응해서 장애인이 되는 것이다. 하지만 그것은 단지 신체적 능력만을 능력으로 평가하는 비장애인들의 오만일지도 모른다.

영어 속담에 "네가 누리는 축복을 세어 보라(Count your blessings)"라는 말이 있다. 누구의 삶에든 셀 수 없이 많은 축복이 있다는 사실을 전제하는 말이다. '천형'이라고 불리는 내 삶에도 축복은 있다.
첫째, 나는 인간이다. 개나 소, 말, 바퀴벌레, 엉겅퀴, 지렁이가 아니라 나는 인간이다. 둘째, 내 주위에는 늘 좋은 사람들만 있다. 셋째, 내게는 내가 사랑하는 일이 있다. 넷째, 남이 가르치면 알아들을 줄 아는 머리와 남이 아파하는 같아 아파할 줄 아는 마음을 갖고 있다. 그래서 나는 아름다운 사람들과, 함께 내가 좋아하는 일을 하며, 이 멋진 세상에서 하루하루 살아가는 축복을 누리며 살아간다.
참, 내가 누리는 축복 중에 아주 중요한 걸 하나 빠뜨렸다. 책은 아무나 내는 줄 아나? 이렇게 내 글을 읽어 주는 독자가 있어 책을 낼 수 있고 간간이 날 알아보는 독자가 "선생님 책을 읽고 희망을 얻었어요."라고 말해 주는 것은 내가 꿈도 못 꾸었던 기막힌 축복이다.
그러니 누가 뭐래도 내 삶은 '천형'은커녕 '천혜'의 삶이다.

장영희, 『살아온 기적 살아갈 기적』(샘터) 중에서

키시는 쓺이다

- 강지영

◦◦ 읽기 전에

사람들은 현실에서 얻을 수 없는 것을 판타지의 힘을 빌려 얻습니다. 〈몽정기〉라는 영화를 본 적이 있나요? 이 영화는 사춘기 남학생들이 성에 눈을 뜨면서 교생 선생님을 사랑하고, 그 과정에서 일어나는 해프닝을 다루고 있습니다. 영화에 등장하는 남학생들은 포르노를 함께 보며 성관계에 대한 환상을 꿈꾸기도 하고, 현실에 존재하는 여선생님을 사이에 두고 서로 자기 것이라고 싸움을 벌이기도 하지요. 이처럼 성에 대한 판타지는 억눌린 욕망을 달래고 풀어주는 역할을 합니다. 하지만 현실의 일부를 악의적으로 훔치고 왜곡하는 판타지라면 어떨까요?

이 소설 속에는 힘겨운 세상에서 흔들리는 가난한 소미와 그런 소미를 이용하는 사람들, 그리고 어정쩡한 태도로 이들에게 휘말리는 주인공 경호가 등장합니다. 경호는 현실의 소미가 어떤 삶을 사는지 알면서도 소미가 등장하는 동영상의 재생 버튼을 클릭하지요. 경호가 빠져드는 판타지는 진짜 현실을 외면하게 만드는 독약과 같습니다. 우리의 눈과 귀를 멀게 해 사람을 감정을 가진 존재가 아니라 성적 대상으로만 바라보게 하니까요. 소설을 읽으며 다른 사람과 진정한 관계를 맺는다는 것의 의미를 생각해 봅시다.

◇◇◇

그녀의 이름은 키시다. 어깨를 덮는 생머리에 강아지처럼 동그란 눈망울과 밉지 않게 몽톡한 코, 상큼하게 여민 입술이 사랑스럽다. 핑크색 미니 원피스가 가장 잘 어울리지만, 오늘은 연보라색 슬립 차림이다. 그녀가 수줍어하는 내게 손을 뻗으며 말을 건다.

"토테모 사비시이데스."

'너무 외로워요.' 제2외국어로 일본어를 배운 덕에 알아들을 수 있는 말이다.

나는 엄지로 스페이스바를 눌러 키시를 어정쩡하게 세워 놓고, 재빨리 두루마리 휴지를 풀어 왼손에 칭칭 감은 뒤 팬티를 내렸다. 그러곤 다시 스페이스바를 눌러 키시에게 생명을 불어넣었다. 귓불이 뜨끈하게 달아오르고 입안에 침이 고였다.

"함경호, 라면 끓여 줄까?"

짧은 전류가 흐르는 것처럼 아랫배가 저릿저릿한 그 순간, 느닷없이 방문이 열렸다. 눈이 찢어지도록 머리를 바짝 당겨 묶은 누나가 잠시 흐리멍덩한 눈으로 나를 바라보다, 외마디 비명을 지르곤 방문을 닫았다. 나는 허겁지겁 무릎에 걸려 있던 팬티를 올려 입고 모니터를 껐다. 음량을 최소로 줄여 놓은 스피커에서 웃음소리도, 그렇다고 울음소리도 아닌 키시의 묘한 흐느낌이 나를 조롱하듯 흘러나왔다.

나는 뒤늦게 방문을 잠그고 침대에 드러누워 애꿎은 이불을 발길질했다. 재수 학원에 다니는 누나는 진도를 따라가지 못해 학원보다 집이나 클럽에 있는 시간이 더 많다. 그걸 알면서도 생각 없이 문을 잠그지 않은 내 잘못이다.

그 일 이후, 누나는 슬금슬금 나를 피했다. 간혹 부엌이나 욕실 앞에서 나와 마주치더라도 서둘러 발걸음을 돌리거나 고개를 외로 꼬아 얼굴을 외면했다. 죄를 지은 건 아니지만, 나는 학교에서 돌아오면 발소리를 죽이고 방으로 직행해, 밤이 깊도록 꼼짝도 하지 않았다. 장사를 하느라 자정 무렵에야 집에 돌아오는 부모님은 간혹 식탁에 용돈을 놓아 두고 출근할 뿐, 나나 누나에게 관심을 기울이지 않았다. 차라리 무관심이 편하다. 누나의 입방정에 엄마가 자녀 보호 프로그램이라도 깔아 버리면 게임도 야동도 없는 세상, 무슨 재미로 살까 싶다.

오늘도 식탁에는 만 원짜리 한 장과 쪽지가 놓여 있다. '밥 없으면 시켜 먹고, 제발 집 좀 어지르지 마.' 나는 쪽지를 구겨 쓰레기통에 던지고, 돈을 챙겼다. 누나에게 준 건지 내게 준 건지 명확히 써 있진 않지만, 먼저 본 사람이 임자다.

학교는 정글과 다를 바 없다. 독사, 모기, 악어 같은 별명의 선생들과 원숭이, 거머리, 박쥐의 습성을 닮은 아이들이 공생한다. 나 같은 아이들은 식물에 속한다. 말없이 동물들에게 잠자리나 먹이를 제공하고, 열매를 도둑맞는 쪽이다. 그래도 잡아먹힐 천적은 없으니 안심이다. 등교를 하자마자 나는 매점에 들러 천하장사 다섯 개와 코카콜라를 다섯 캔을 샀다. 물론 내 몫은 없다. 전부 사자와 호랑이들에게 바칠 먹이들이다. 이빨이 강한 맹수들은 습성이 게으르다. 조례 전에 등교를 하는 법이 없다. 나는 다섯 개의 빈 책상에 천하장사와 코카콜라를 내려놓고 자리에 앉았다. 담임이 조례를 하고 나가자, 기다렸다는 듯 맹수들이 뒷문을 열고 우르르 들어왔다. 그들의 등에 매달린 책가방은 텅 빈 내 위장을 닮아 있다.

도로롱, 코 고는 소리가 들렸다. 앞자리에 앉은 소미다. 그 애는 놀라울 정도로 키시를 닮았다. 치켜 올라간 눈썹과 조금 큰 편인 키를 제외하면 둘의 싱크로율은 백 퍼센트다. 한창 키시에 빠져 있을 땐, 소미가 일본어가 아닌 한국어를 쓴다는 것이 어색하게 느껴질 정도였다. 소미의 잘록한 허리와 헤쳐진 머리카락 사이에서 하얗게 빛나는 목덜미를 보자 손바닥이 축축하게 젖어들었다. 누나에게 그 짓을 들킨 날 이후, 나는 야동을 끊었다. 처음 일주일은 견딜 만했지만, 요즘은 이삼일에 한 번씩 야릇한 꿈을 꾸고 몽정을 한다. 주인공은 키시다. 아니, 소미일지도 모른다.

소미는 학교에 있는 시간 대부분을 책상에 엎드려 보낸다. 헬로 키티가 프린트된 분홍색 쿠션에 이마를 붙이고, 간혹 이렇게 코를 골거나 이를 갈며 점심시간까지 내쳐 잔다. 수업 시간에 자는 아이들은 한 반에 너더댓 명씩 꼭 있다. 하지만 아무도 그 애들을 깨우거나 야단치지 않는다. 깨어 있어 봐야, 수업 분위기만 흐리고 만만한 동급생을 골라 심부름이나 시킬 게 뻔해서이다. 담임은 이렇게 퍼져 자더라도 학교에 나와 주는 걸 고마워하는 눈치다.

지금쯤 옆 반 형석도 꿈속을 헤매고 있을 것이다. 지금은 헤어졌지만 한 달 전만 하더라도 둘은 매일 밤 피시방에서 만나 새벽까지 알피지 게임을 즐겼다. 형석은 사랑과 관심을 용돈으로 표현하는 맞벌이 부모를 두었고, 소미는 백내장으로 시력을 잃은 할머니와 단둘이 산다. 형석은 여태껏 소미처럼 가난하고 예쁜 애들만 골라 사귀었다. 부담 없고 다루기 쉬운, 잡초 같은 부류가 소미 같은 애들이라고 공공연히 떠벌리고 다녔다. 소미는 형석과 헤어지자마자 다른 남자를 만나고 다녔다. 그 다른 남자가 중년의 샐러리맨이라는 소문도 있었고, 작년 여름, 우리 학교에 실습을 나왔던 말끔한 수학 교생이라는 소문도 있었다. 나는 소미가 누구를 만나도 상관하지 않는다. 그건 아무리 배가 고파도 맹수들의 먹이를 넘보지 않는 음지 식물의 습성과도 같은 것이다. 키시가 그렇듯, 소미도 어느 한 사람의 소유가 되기엔 너무 아깝다.

점심시간을 5분 남기고 소미가 쿠션에서 이마를 뗐다. 급식을 넉넉히 챙기려면 발이 빨라야 한다. 조금만 늦어도 먹을 만한 반찬은 동이 나기 때문이다. 아이들은 일찌감치 책상 밖으로 발을 뻗고 수업이 끝나기만을 기다렸다. 국어 선생이 생활한복 소매를 걷어 손목시계를 확인하곤, 심드렁한 표정으로 교과서를 겨드랑이에 끼고 교실을 빠져나갔다. 동시에 아이들이 양팔을 허우적거리며 급식실로 달려갔다. 일순 타악기처럼 심장을 쿵쿵 울리는 발소리가 복도를 가득 메웠다. 남실대는 검은 머리통들 사이에서 소미의 찰랑거리는 연갈색 긴 생머리가 유독 눈에 박혔다. 아침을 거른 터라 배가 고팠지만, 무엇보다 소미 근처에 자리를 잡기 위해 나는 다리를 재게 놀렸다.

급식실엔 일찍 수업이 끝난 형석이 벌써 식판의 3분의 1을 비워 가고 있었다. 어제도 밤새 게임을 했는지 녀석의 눈이 대꾼했다. 한 달 전만 해도 소미가 나타날 때까지 수저를 들지 않고 기다리던 형석이 배식을 받아 오는 소미를 보곤 먹다 만 식판을 들고 황급히 자리에서 일어섰다. 소미도 형석을 본 체 만 체하며 가장 구석진 자리에 앉아 숟가락을 들었다. 다행히 옆자리가 비어 있었지만, 내 식판이 채워졌을 즈음엔 다른 여자아이가 그 자리를 차지하고 앉았다. 하는 수 없이 형석이 앉았던 자리에 식판을 내려놓았다. 조미료 맛밖에 느껴지지 않는 멀건 된장국에 밥을 마는데, 앞에 앉은 1반 여자애 둘이 소곤거리는 소리가 들렸다.

"쏨포르노 봤어?"

'쏨'은 소미를 줄여 부르는 별명이었다. 그보다, '포르노'라는 말에 귀가 솔았다.

"그냥 닮은 애 아냐?"

"버젓이 울 학교 체육복 입고 찍은 건데 닮은 애겠냐? 자퇴한단 말까지 있는 거 보면 뻔하지 뭐. 이따 메신저 켜고 문자 날려. 내가 쏴 줄게."

소미가 반도 채 비우지 않은 식판을 들고 자리에서 일어나자, 여자애들의 대화도 끊어졌다. 일순 급식실 안 아이들의 시선이 소미의 뒤태로 쏠렸다. 그걸 아는지 모르는지, 소미는 버퍼링으로 움직임이 부자연스러운 동영상처럼 느릿느릿 급식실을 빠져나갔다.

야간 자율 학습을 준비하는 아이들이 집에서 싸 온 도시락을 꺼내

거나 매점으로 향할 때 소미는 화장을 했다. 아이라인을 그리고 마스카라로 속눈썹을 올렸다. 핑크색 립글로스를 바르고 이마와 콧등에 파우더를 두드려 더욱 화사한 얼굴로 거듭났다. 그러곤 어깨에 가방을 짊어지고 보무도 당당히 앞문으로 교실을 빠져나갔다. 정말 자퇴를 한다는 게 사실인지, 자율 학습 감독을 나온 선생도 소미를 야단치거나 붙잡지 않았다.

나는 소미를 배웅하려 무쇳빛이 내려앉은 운동장을 물끄러미 바라보았다. 어느새 하이힐로 갈아 신은 소미가 교문 근처를 발밤발밤 걷는 게 보였다. 그때 구형 그랜저 한 대가 교문 앞에 바짝 다가서 비상깜빡이를 켰다. 소미는 기다렸다는 듯이 자신이 메고 있던 검정색 나이키 백팩을 교문 앞 쓰레기통에 던져 넣고 그랜저로 달려갔다. 누가 지켜볼 거라 생각했을까, 소미가 탄 조수석 창문이 반쯤 열리고, 학교 쪽을 향해 흔들리는 손바닥이 보였다. 가방을 벗어 버린 소미는 더 이상 여고생처럼 보이지 않았다. 교문을 통과한 순간, 그녀는 키시가 되었다.

밤 10시가 다 돼서야 나는 집으로 돌아올 수 있었다. 누나의 운동화가 현관에 놓여 있었다. 오늘도 학원에 가지 않은 모양이었다. 조용한 누나의 방문 앞을 까치발로 지나 내 방에 도착했다. 나는 침대에 가방을 내던지고 교복 재킷 단추를 풀며 컴퓨터를 부팅시켰다. 푸른 화면 속에 '새로운 시작'이라는 글귀가 무지개처럼 떠오르더니 이내 윈도 바탕화면으로 바뀌었다. 일명 '쏨포르노'를 찾는 일은 어렵지 않았다. 콘텐츠 공유 사이트에 들어가 보니 최신 성인 자료에 '키시 아이노 닮은 여고생'이란 제목의 동영상이 여러 개 업로드 되어 있었다. 고작 일주일 전에도 없던 자료였다. 나는 조심스럽게 방문을 잠그고 동영상을 다운로드했다. 120원어치의 포인트가 차감된다는 공지가 뜨고 불과 10분도 지나지 않아 '쏨포르노'가 내 하드 중 680MB를 차지하고 들어앉았다. 나는 심호흡을 하며 동영상을 재생시켰다.

파란색 체육복 상하의를 걸친 소녀는 자신이 카메라에 찍히고 있단 사실을 감쪽같이 모르는 것 같았다. 조금 키가 크다 뿐 키시를 꼭 닮은 그녀는 전신 거울 앞에서 소녀시대의 '훗'을 흥얼거리며 건들건들 춤을 추었다. 소녀가 팔을 치켜들 때마다 체육복 상의가 끌려 올라가 희고 날씬한 허리가 드러났다. 그때 문득 모자이크로 처리된 누군가가 화면 속으로 난입했다. 소녀는 춤을 추다 말고 검정색 백팩을 열어 담배와 라이터를 꺼냈다. 그러곤 능숙한 솜씨로 담배에 불을 댕겨 모자이크에게 건넸다. 모자이크는 두루마리 휴지 한 토막을 끊어 침을 뱉곤 담배를 감싸 불씨를 껐다. 잠시 후, 소녀가 알몸으로 등장해 모자이크와 뒤엉키기 시작했다. 모자이크의 팔꿈치에 침대 가장자리에 널브러져 있던 담배 싼 휴지가 바닥으로 떨어져 침대 밑으로 굴러 들어갔다. 이후의 상황은 보통의 몰래카메라 동영상들과 다를 바 없었다. 나는 두 눈을 질끈 감고 동영상을 정지시켰다. 인정하고 싶지 않지만 '쏨포르노'의 주인공은 소미가 분명했다. 그러나 더욱 놀라운 건, 동영상의 배경이 된 공간이 내 방이란 사실이었다. 가슴이 터질 듯 두근거렸다.

증거는 셀 수 없이 많았다. 헤어왁스가 튀어 눈발처럼 어룽거리는 전신 거울, 반쯤 열린 연녹색 암막 커튼, 모서리가 벗겨진 침대 헤드와 잔꽃 무늬 커버, 그리고 조금 비뚤어지게 걸린 유치원 졸업 사진이 그것들이었다. 하지만 하늘에 맹세코, 나는 이 방에 소미를 들인 적이 없다. 소미와 모자이크가 누웠던 침대에 다가가 냄새를 맡아 보니 희미하지만 분명한 담뱃내가 났다. 나는 바닥에 엎드려 침대 밑을 들여다봤다. 건초처럼 뒹구는 먼지와 머리카락, 그리고 누르스름하게 변색된 휴지가 눈에 띄었다. 나는 팔을 뻗어 휴지를 끄집어냈다. 손끝에 달려온 휴지 속엔 예상대로 반쯤 타다 남은 꽁초가 들어 있었다.

나는 꽁초를 휴지로 겹겹이 싸 쓰레기통에 던져 넣고 멍하니 휴대전화를 바라봤다. 소미에게 전화를 걸어 어떻게 된 일인지 캐묻고 싶었지만, 나는 그 애의 전화번호도 알지 못했다. 지금은 깨졌지만 가장 최근까지 소미를 만난 게 형석이니 어쩌면 모자이크의 주인공이 녀석일지 모른다는 생각이 들었다. 나는 자정이 다 되도록 휴대전화를 만지작거리다 결국 형석에게 전화를 걸었다. 녀석은 벨이 끊기기 직전에서야 전화를 받았다. 피시방인지 현란한 기계음이 통화에 섞여 들었다.

"너 쏨포르노 얘기 들었어?"

콧바람인지 한숨인지, 거친 바람소리가 서걱서걱, 귓전을 어지럽혔다.

"왜, 자랑하려고 전화했냐?"

형석이 말끝에 자그맣게 욕설을 덧붙였다.

"혹시, 그거 너 아냐?"

"미쳤어? 내가 찌질하게 그런 걸 왜 찍어? 솔직히 첨엔 나도 찔끔했는데, 난 안 찍었어. 사실 나라고 해도 증거가 없잖아? 니 방인데, 안 그래?"

다다다다, 키보드 두드리는 소리가 들리더니 형석이 제멋대로 전화를 끊어 버렸다. 나는 휴대전화를 내려놓고 혹시나 싶어 학교 홈페이지에 들어갔다. 역시나 게시판엔 콘텐츠 공유 사이트에 올라온 제목과 동일한 게시물이 있었다. 조회수도 벌써 2천을 넘어가고 있었다. 클릭을 하자 주요 장면을 캡처한 사진이 줄을 이었고, 그중엔 벽에 걸린 내 유치원 졸업 사진을 확대해 놓은 컷도 보였다. 다행이라면 유치원 시절엔 홑 꺼풀이던 눈이 중학교에 들어가며 크게 감기를 앓고 쌍꺼풀로 바뀐 것이다. 하지만 동급생 중에는 분명 같은 유치원을 나온 아이들도 있을 것이다. 나는 덜덜 떨리는 손으로 컴퓨터를 끄고 이불 속으로 기어 들어갔다. 등줄기로 선뜩한 한기가 들고 귀에선 매미 울음 같은 이명이 끊이지 않았다. 눈꺼풀은 무거웠지만, 잠은 오지 않았다.

엄마는 오늘도 아침밥 대신 식탁에 만 원짜리 지폐 한 장을 올려놓고 일찌감치 출근했다. 나는 학교에 가야 하나 말아야 하나 고민을 하다 어딜 가든 돈이 필요하다는 걸 깨닫고, 만 원을 주머니에 집어넣었다. 습관처럼 버스 정류장으로 향하던 나는 같은 교복을 입은 한 무리의 아이들을 발견하곤 재빨리 걸음을 돌렸다. 소문은 문자 메시지와 메신저, 미니홈피 방명록, 그리고 입에서 입으로 삽시간에 퍼져 나갔을 것이다. 내가 아무리 결백을 주장해도 모든 증거는 나를 향해 있으니 지금으로선 혐의를 벗을 방법이 없었다. 이 모든 걸 해명해 줄 사람은 오직 소미

뿐이었다. 그 애가 진실을 말해 준다면 모든 게 원상 복구된다.

나는 가까운 피시방에 들어가, 소미의 미니홈피를 찾기로 했다. 방법은 쉬웠다. 형석의 미니홈피에 남아 있는 소미의 흔적을 따라 가기만 하면 된다. 예상대로 형석의 미니홈피 방명록에는 소미가 남긴 크리스마스 메시지가 있었다. 나는 소미의 미니홈피에 들어가 주소 끝에 붙어 있는 그녀의 아이디를 알아냈고, 그걸로 구글링을 시작했다. 그리고 채 10분도 지나지 않아 쇼핑몰 사이트에 소미가 남긴 배송 정보를 찾아낼 수 있었다.

나는 휴대전화로 소미에게 전화를 걸었다. 벨이 세 번 정도 울리더니 고객의 사정으로 받지 못한다는 자동 안내 음성이 들렸다. 몇 번을 걸어도 결과는 마찬가지였다. 나는 노트 한 장을 찢어 배송 정보에 남아 있는 소미의 집 주소를 받아 적었다. 걸어가면 30분 거리지만, 택시를 타면 10분 내로 도착할 수 있는 위치였다. 나는 엄마가 남긴 돈을 헐어 피시방 요금 천 원을 지불하고 거리로 나왔다. 택시를 타고, 소미가 사는 영구 임대 아파트 단지로 향했다. 유난히 많은 교차로와 횡단보도가 차 앞을 가로막았다. 결국 아파트 입구에 도착한 시간은 등교생이 잦아든 9시 무렵이었다. 걸어오는 것과 별반 차이가 나지 않는 시간이었다. 아깝지만 5천 원짜리를 내밀고 200원을 거슬러 받았다.

아파트는 담쟁이덩굴이 말라붙은 것처럼 여기저기 금이 가고, 색이 바래 있었다. 소미가 사는 102동 306호의 우편함엔 공과금 지로 용지와 뜯어 보기 전엔 정체를 알 수 없는 흰 봉투로 가득했다. 집으로 들어갈까 했지만, 소미가 있으리란 보장이 없었다. 눈먼 할머니 혼자 있다면 찾아온 이유를 설명하는 것도 막막했다. 주차장으로 나와 306호 베란다를 올려다봤다. 사람의 기척은 느껴지지 않았다. 나는 소미네 집 베란다가 마주 보이는 놀이터 그네에 앉아 모래 위로 피어오르는 아지랑이에 먼눈을 팔았다. 무작정 학교를 결석하고 소미를 찾기 전에 부모님이나 누나에게 지금의 사정을 알리는 게 더 현명했을 수도 있다는 생각이 들었다. 복잡한 생각이 들자 머릿밑이 따끔거렸다.

"너 누군데 이 시간에 여길 얼씬거리냐?"

철렁, 그넷줄이 흔들리며 걸걸한 목소리가 나를 겨냥했다. 경비원 복장의 노인이었다.

"누굴 좀 만나려고요. 저 나쁜 애 아니에요."

"이 시간에 학교 안 가는 놈이 뭐이가 할 말이 있어? 너도 306호 집 손녀딸 만나러 왔지?"

경비의 오른쪽 눈도 부옇게 흐려 있었다.

"아저씨, 소미 아세요?"

"너만 한 놈들이 맨날 여기서 진을 치는데 걔를 모를까 봐? 어찌됐든 소미 만나긴 텄으니까 어여 학교나 가. 306호 할머니 말이 걔 영화 찍으러 일본 갔다고 하드만 뭐. 맨날 새벽까지 알바 다니더니 백내장 수술비 200만 원 마련해 놓고, 노인네 용돈 하라고 50만 원 따로 내놓고 어제 떴대. 매니전가 뭔가 하는 늙수그레한 놈 따라서."

경비는 거리낌 없이 담배를 하나 피워 물고 내 귓불을 잡아당겨 그네에서 일으켜 세웠다.

"정신 차리고 공부해, 인마. 학교에 전화 넣기 전에."

경비의 말과 동시에 호주머니에서 전화벨이 울렸다. 나는 경비의 손을 떨쳐 내고 아파트 단지를 빠져나오면서 전화를 받았다. 누나였다.

"경호야, 누나 경찰서야. 안 바쁘면 이리로 좀 와 줄래?"

누나는 '집에 오는 길에 새우깡 한 봉지 사 올래?' 하고 전화를 하듯 심상한 목소리로 나를 불렀다. 나는 남은 돈 4,200원어치만큼 택시를 타고, 남은 거리는 전속력으로 달려 경찰서에 도착했다. 사이버 수사팀이란 푯말 아래서 누나가 내게 손을 흔들었다.

"쫄았구나? 괜찮아. 내 발로 직접 찾아온 거니까. 넌 참고인으로 불렀어."

누나는 돈이 필요했다. 제 또래 여대생들처럼 파마도 하고 하이힐도 신고 싶었단다. 샤넬 아이섀도와 디오르 립스틱, 랑콤 에센스도 탐이 났다. 그러다 작년 크리스마스이브에 우연히 편의점 앞에서 형석을 만났다. 녀석은 누나에게 만 원짜리 지폐를 내밀곤 그걸로 말보로 한 갑을 사다 달라고 청했다. 누나는 골치 아픈 건 딱 질색인 사람이다. 그래서 골치 아픈 수능시험에서 85점이라는 어이없는 점수를 받았다. 누나는 이틀에 한 번씩 형석과 편의점 앞에서 만나 담배를 사 주고 심부름 값으로 잔돈을 가지기로 했다. 한 달쯤 지났을 때, 형석은 누나에게 새로운 제안을 했다. 돈을 줄 테니 방과 후에 한 시간씩만 방을 빌려 달라고 했다. 누나는 형석에게 생각할 시간이 필요하다고 대답했다. 그러곤 담배 한 대가 재로 변하기도 전에 그의 부탁을 수락했다. 대금은 무조건 선불, 방은 동생인 내 방을 이용하라는 것이 조건의 전부였다. 다시 말하지만 누나는 돈이 간절한 바보였다.

형석은 일주일에 한 번씩 소미와 함께 내 방에 드나들었고 그 애들이 다녀간 후 누나는 이불과 베개 커버를 빨고, 청소기를 돌렸다. 그래도 죄책감을 떨칠 수 없을 땐 내게 라면을 끓여 주고 식탁에 만 원씩 용돈을 놓아두었다. 누나는 형사 앞에서 철철 울다 말고 핸드백에서 손거울을 꺼내 들여다보며 "뭐야, 워터프루프라더니 다 번졌네." 하며 화장품 회사를 비난했다.

비록 바보이긴 했지만 누나에겐 양심이 있었다. 누나는 인터넷에 급속도로 퍼지고 있는 '쏨포르노' 소식을 듣곤, 앞뒤 가리지 않고 경찰서로 달려온 거였다. 저녁 무렵 형석의 부모가 경찰서에 나타나 다짜고짜 누나의 뺨을 갈겼고, 뒤늦게 도착한 우리 부모님과 격한 몸싸움까지 벌였다. 형석의 부모는 누나를 무고죄로 고소하겠다며 길길이 날뛰었지만 결국 모자이크를 걷어 낸 동영상에서 아들의 얼굴을 확인하곤 무너져 내렸다. 며칠 뒤 사이버 수사팀은 '쏨포르노'를 찍고 직접 유포한 사람이 소미 자신이라는 사실을 밝혀냈다. 200만 원을 주고 소미에게 동영상을 넘겨받았다는 콘텐츠 공유 사이트 업로더의 진술로 사건은 맥없이 종결되었다.

소미 사건과 내가 무관하다는 게 밝혀졌지만, 나는 모자이크 맨이라는 별명을 얻었다. 매일 아침 식탁에 놓인 만 원을 들고 학교에 나와 소시지와 콜라를 사고, 매점 주인의 비웃음을 거슬러 받는다. 복도에서 마주치는 선생들은 두더지잡기 게임을 하듯 하나같이 출석부로 내 머리를 후려치고 지나간다. 굴욕적인 시간을 참아내고 집으로 돌아오면 소미가 기다리고 있다. 이제 콘텐츠 공유 사이트엔 키시보다 소미의 새로운 동영상들이 더 많아졌다.

형석은 자퇴를 하고 필리핀으로 떠났다. 녀석의 미니홈피엔 'in manila'란 제목의 폴더가 새로 생겼다. 그 안엔 아이돌 가수처럼 미끈하게 차려입은 형석이 한 손으론 산미구엘을 들고 다른 한 손으론 금발 벽안의 소녀를 끌어안고 찍은 사진이 있었다. 그녀 역시 내 하드 속 어딘가에 고인 물처럼 썩어 가고 있는 이름 모를 AV 배우와 닮았으리라.

그녀의 이름은 소미다. 94년생이니 나와 동갑이다. 하지만 그 애의 표정에는 세상의 비밀을 몽땅 알아 버린 노파의 얼굴이 숨어 있다. 소미가 춤을 춘다. 나의 유치원 졸업 사진 밑에서, 그것도 아주 신나게. 손을 뻗으며 그 애에게 말을 건다.

"토테모 사비시이데스."

너무 외로워요.

강지영

매일 밤 이상한 꿈을 잔뜩 꿉니다. 그리운 사람, 한때는 간절하였으나 지금은 이루지 못한 꿈, 괴물과 유령과 아이돌 가수, 마술 물약 같은 것들이 주인공이지요. 아직은 쓰는 일 보다 읽는 일이 즐겁고, 겪는 일보다 꾸는 일이 더 재미있는 삼십 대입니다.
작품집 『굿바이 파라다이스』로 데뷔해서, 장편 『심 여사는 킬러』 『신문물검역소』 『엘자의 하인』 『프랑켄슈타인 가족』 등의 소설을 썼습니다.

읽고나서..

훔쳐보기, 외면하기

1. 주인공 경호의 머릿속에는 어떤 생각들이 들어 있을지 생각해 보고, 경호의 뇌 구조를 그려 봅시다.

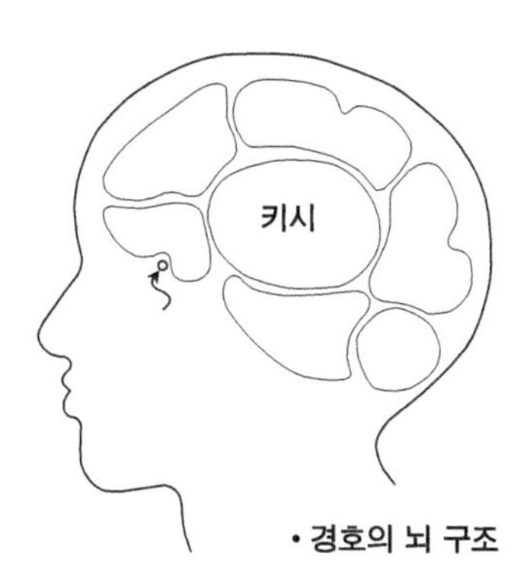

• 경호의 뇌 구조

2. 모든 일의 전말을 알게 된 경호의 마음은 어떠했을지 짐작해 봅시다.

3. 다음 예문을 참고하여 '잡초'로 표현된 '소미'의 삶에 어려움을 주었던 요소들을 떠올려 보고 소미에게 힘이 되는 말을 적어 봅시다.

> 한 사람의 진실한 벗은, 천 명의 적이 우리들을 불행하게 만드는 그 힘 이상으로 우리들의 행복을 위해 이바지한다.
>
> 에센바흐, 「파르치발」 중에서

좋은 일이 없는 것이 불행한 게 아니라
나쁜 일이 없는 것이 다행한 거야.
어느 날 친구가 내게 말했습니다.
되는 일이 없다고 세상이나 원망하던
나는 부끄러웠습니다.

더러워진 발은 깨끗이 씻을 수 있지만
더러워지면 안 될 것은 정신인 거야.
어느 날 친구가 내게 말했습니다.
되는 일이 없다고 세상에 투덜대던
나는 부끄러웠습니다.

천양희, 「친구」 중에서

4. 다음 문장을 완성해 봅시다.

- 부모님과 함께 TV를 보다가 야한 장면이 나오면 나는 ____________________
- 인터넷 도중 야한 광고가 뜨면 나는 ____________________
- 야한 동영상이 또 보고 싶어지면 나는 ____________________
- 친구가 야한 동영상을 보내 준다고 하면 나는 ____________________

5. 다음 글을 읽고 '사랑에 대한 폭넓은 이해'가 무엇인지 생각해 봅시다.

아이들이 읽는 동화는 사랑을 해서 결혼으로 끝나는 경우가 많습니다. 결혼을 해서 첫날밤에 섹스를 어떻게 하느냐에 대한 이야기는 빠져 있습니다. '동화니까 뭐 당연한 게 아니냐.' 이렇게 생각하는 분도 있겠지요. 하지만 이게 바로 커다란 허점입니다. 사랑을 육체적으로 표현하는 가장 중요한 방법에 대한 이야기 없이 사랑 이야기가 완성되니 말입니다.

어른들에게도 왜곡이 없는 것은 아니지요. 주인공들이 섹스 생각만 하는 '야동'이나 '19금' 성인 영화를 보면 사랑에 대한 현실적인 개념이 없습니다. 다양한 섹스 자세가 나오지만, 그런 행동 속에 당연히 있어야 하는 사랑의 마음에 대한 묘사가 없습니다. 주인공들은 사랑한다고 말하지만, 섹스 이외에 어떻게 상대방을 사랑하는 마음으로 어루만질 수 있는지 보여 주지 않습니다. 이런 식으로 왜곡하면 결국 섹스와 사랑을 갈라놓는 것이나 마찬가지입니다. 동화도 섹스와 정신적 사랑을 따로 생각하게 만들었지요. 성인 영화는 섹스를 강조하고, 동화는 정신적 사랑을 강조합니다. 이렇게 특정 부분만 강조한다면 사랑을 폭넓게 이해하지 못할 수 있습니다.

이남석, 『사랑을 물어봐도 되나요』(사계절) 중에서

6. 다음 기사문의 내용처럼 여성의 외모나 신체를 선정적으로 표현하는 사례를 생각해 보고 그 문제점을 토론해 봅시다.

게임 부작용이 사회 문제가 되고 있는 가운데 남성의 판타지가 반영돼 과도하게 성적이고 전투적으로 변한 비현실적 여성 캐릭터에 주의가 요구되고 있다. 특히 이런 여성 캐릭터는 한창 민감한 나이의 청소년들에게 부정적인 영향을 끼쳐 현실에서의 여성상을 왜곡할 우려까지 제기되고 있다.

인기 롤플레잉게임에 한창 빠져 있던 우진철(18) 군은 "초등학교 1학년 때 스타크래프트를 시작한 후 요즘도 일주일에 20시간씩 게임을 즐긴다"며 "거유(巨乳 · 큰 가슴) 캐릭터의 여전사 '위치블레이드'를 좋아한다. 잘록한 허리, 망사 스타킹을 신은 쭉 뻗은 다리도 마음에 든다"고 말했다. 게임에 빠지면서 여성 이상형도 절대적인 S라인으로 바뀌었다. 우 군은 "날씬하고 굴곡 있는 몸매의 여자 친구를 사귀고 싶다"고 말했다.

여성들의 사회 진출 증가 현상을 반영하듯 게임 속 여성 캐릭터도 '납치된 공주' 식의 수동적 콘셉트에서 '섹시한 여전사'로 변해가는 것이 대세다. 거대한 유방과 엉덩이를 가진 관능적 모습으로 변한 지 이미 오래이긴 하지만 근래 들어 힘도 나날이 세지고 있다.

과연 게임 속에서나마 남자와 대등하게 어깨를 겨누는 아마조네스가 된 걸까. 문제는 여성 캐릭터들이 수요자인 남성의 '아바타'에 불과하다는 데 있다. 겉만 여성이지, 남성적 폭력성과 무자비함이 강하게 표출된다.

게이머들은 여성 캐릭터의 방어력이 벗은 정도와 비례한다고 말한다. 강정훈 전 깨끗한미디어를위한교사운동 대표(안산 초지고 교사)는 "여성 아이템은 비싼 갑옷일수록 노출이 더 많다."며 배꼽을 드러내고 가슴도 심하게 파는 등, 노출이 많을수록 싸움에서 유리하다는 게 아이들 얘기라고 전했다.

뿐만 아니라 역할은 다양해졌으나 표현은 한정적이다. '슈퍼마리오'의 피치 공주처럼 남성으로부터 구원받는 '납치된 공주' 개념의 여성 캐릭터, 현자 혹은 마녀, '라라 크로포드' 같은 섹시한 여전사 등 너댓 개 타입으로 제한된다. 그러나 연약해서 보호하고 싶은 캐릭터든 공격적인 전사든 성적 대상화된다는 점은 크게 다르지 않다.

전경란 동의대 디지털콘텐츠공학과 교수는 "외모가 롤플레잉게임을 넘어 정형화된 여성 캐릭터로 여겨질 만큼 심각한 수준"이라며 "남성 캐릭터 역시 체격과 근육 등 남성적 매력을 두드러지게 묘사하지만, 특히 여성 캐릭터는 캐릭터 역할이나 성격에 관계없이 성적 측면을 강조한다"고 지적했다. 전 교수는 "특히 온라인 게임이 3D로 표현되면서 게이머가 앵글을 조작해 여성 캐릭터의 짧은 치마 속을 아래에서 올려다볼 수 있다."며 "여성 캐릭터를 성적 대상화하는 상황은 이미 묘사나 재현의 문제를 넘어섰다. 캐릭터를 바라보는 시선이 자유로워지면서 새로운 방식으로 여성 캐릭터를 대상화하고 관음증적 시선으로 보는 경향이 나타났다."고 말했다.

박상우 연세대 커뮤니케이션대학원 겸임교수는 "글래머, 섹시, 뒤태, 복근, 쇄골 등 육체성을 강조하는 사회에서 게임은 그 이상형을 가상공간으로 옮겨 놓은 것"이라며 "게임이 가장 선정적이라고 느끼는 것은 현실에는 이상형만 모여 있는 공간이 없는 반면 게임은 이상형들로만 꾸며져서이다. 영화에는 배우 유해진의 매력도 있지만 게임에선 강동원만 존재할 수 있기 때문"이라고 말했다.

〈여성신문〉 2010.10.12